徳間文庫

たとえば風が

赤川次郎

徳間書店

目次

プロローグ

その娘は、深々と頭を下げたまま、よろしくお願いします、と言って、それから顔を上げた。

ちょっとずんぐり型の体つきだが、それは着ているもののせいで、そう見えるのかもしれなかった。

ともかく、あまり「スマート」とは縁のない印象の娘だった。

その代り、この仕事に必要な、丈夫さ——文字通り、芯の強そうな、しっかりした骨格、肉づきのいい腕や足、太い指などに恵まれている。

化粧っけのまるでない丸顔は、よく陽焼けして、それも、海岸で寝そべって焼けたというのとはまるで違う、よくしみ込んだ焼け方であった。

クリクリした目は黒く、濡れたように光っていたが、およそ色っぽさとは無縁で、強いてたとえれば、主人が棒を投げてくれるのを心待ちにしている忠実な飼犬の目、といったところだ。

それでも、可愛い、という印象を与える程度の顔立ちではあったが、といって、どんな仲人口(なこうどぐち)でも、「美しい」とは言わずに、まず、「とても気立てのいい働き者で」と説明するに違いなかった。

八木原亮子(やぎはらりょうこ)は、その娘が気に入った。

自分の第一印象は外れたことがない。――これが八木原亮子の自慢である。

もっとも、外れた方は忘れているのだという意見も、ないではなかった。

銀縁のメガネの奥で、細い目が柔和な光を見せていた。

亮子のことを評して、大抵の人は、

「良家のお嬢様がそのまま年齢(とし)を取ったような――」

と言う。

もちろん、七十年の人生で、気楽なときばかりではなかったはずだが、確かにその世評を納得させるものがあるのは、おそらく、「苦労しなかった」のではなく、「苦労が人柄を変えなかった」のだ。

亮子は、もう三十年近く愛用しているロッキングチェアにおさまって、広い窓から射して来る暖い初冬の午後の光を浴びていた。

その様子は正に一幅(いっぷく)の絵で、亮子が口をきいたり、動いたりするのが、何だか奇妙にすら感じられるのである。

八木原亮子は、その娘が気に入った。

「――名前は何と言ったかしら？」

と、亮子は言った。

「はい」

と娘が答える。「山中千津です」

「ちづ？『千の鶴』ですか」

「いえ、『づ』は、さんずいの――『津市』の『津』です」

「ああ、分りました。――おいくつ？」

「十九歳です」

「そう」

亮子は、使用人を雇うに当って、あまり、身許だの家族だのを調べない主義だった。

もちろん、この屋敷には、かなりの金目のものが沢山あるが、何といっても現金はそうそう置いてあるわけでもないし、宝石の類は金庫におさまっている。

そして本当に値打のある、絵画や装飾品の類は、ちょっとした泥棒が持ち出したところで、どうなるというものではない。

それに、亮子は常々、危惧の念を表明する弁護士の佐伯に、

「どんな人だって、その親類縁者まで調べれば、一人や二人、おかしな人がいるものですからね」

と言っていた。

問題は当人で、そこさえしっかり見ておけば、全く心配はない、というのが亮子の持論だったのである。

「じゃあ、千津さんと呼びますね」

と、亮子は言った。

「はい」

と、娘は首をすぼめるような格好で頭を下げた。「ただの『千津』で結構です」

「それじゃあ、何だか犬か猫みたいだわ」

と亮子は笑って言った。

その笑い声には、いわゆる大家の奥様風の、もったいぶったところはない。――この笑いが、亮子と初対面で、緊張している者の気持をほぐしてくれるのだった。

「仕事は色々あるから大変よ」

「はい」

と亮子は言った。

「古い家ですから、とても広いしね。私が少し手足がきかなくなって来ていますから、その面倒もみていただかなくてはいけないしね……」

「はい」

「食事の仕度は長男の嫁の康代さんがやってくれます。でも、色々忙しいし、買物一つだって大変ですからね。できれば手伝ってあげてちょうだい」

「はい」

「お掃除、洗濯……。それだけでもずいぶん時間を取られると思いますよ。慣れるまでは何度でも訊いていいのよ」

「はい」

山中千津は、いちいち、顎を引いて、コックリと肯きながら返事をする。

はい、という言葉の響きが、亮子の心を捉えた。

こんな風に気持良く、「はい」と言える人は、若い人の中には珍しいのじゃないかしら、と思った。

そう。これだけでも、いい子だということは分る……。

「じゃ、よろしくお願いしますよ」

と、亮子は言った。

「はい」

と、千津はもう一度頭を下げた。「こちらこそよろしくお願いします」

第一章　家族

1

「千津さん。――千津さん、どこ？」

と、八木原康代は台所を覗き込んで、声をかけた。

いない。

珍しいこともあるものだ、と康代は思った。でも――正直なところ、ちょっとホッとする。

康代は、ゆうべ揚げものをして、油で汚れたレンジを拭いておこう、と思った。でもきっと……。

やっぱり。

レンジは新品のように光っていた。

いつもこんな風なのだから。康代は首を振った。

康代は、居間へ行った。――居間といっても、康代の実家の部屋全部合わせたぐらいの広さがある。

古い家具の一つ一つが、ずっしりと重くて、それこそ、康代などよりも、ずっと大きな顔をしているのだ。

康代は、中央のマントルピースの前に扇状に広がったソファの一つに座ろうとしてためらった。

今日は誰もいないのだから、ここでのんびりしたって構わない。そうだとも。ここは私の家なんだから……。

でも、結局康代は中央から外れた小さな椅子(いす)の一つに身を委(ゆだ)ねた。

この方が私は落ち着く。――四十六にもなって、八木原家に嫁いで二十年にもなるのに、情ないような話だが、本当なのだから仕方ない。

康代は、この広さに、どうしても馴染(なじ)めなかった。ここへ初めて足を踏み入れたときから、そうだったのだ。

康代は、年齢(とし)の割には、バランスのとれた体つきをしている。――普通、これぐらいの年齢になると、太って来るか、逆にぎすぎすとやせた感じになるか、どちらかに分れてしまうものだが、康代は、少し細目の印象を保ち続けていた。

顔立ちにも、まだ若さが残っている。

いつもお若くて、と、夫の知人の奥さんたちに言われると、でも康代は何だか申し訳ないような気がして、つい、

「すみません」

と謝りそうになるのだ。

でも、このところ、康代は少し体の具合がおかしかった。更年期かしら、とも思ったが、そんな風でもない。

大体の見当はつく。——あまり動かないからなのだ。

もともと、この家の家事は康代が取りしきって——というよりは、自分でやっていることが多かったのだ。

康代は仕事をしているときの方が安心していられた。もともとが、平凡な役人の一人娘である。

いつも実家では家事を手伝っていたから、結婚して、金持——「大」の字をつけてもいい——の家の嫁になっても、使用人に任せておかずに、クルクルとこまねずみのように働いた。

そうしないといられない——落ち着かない性格でもあった。

もっとも、一人っ子の秀一郎(しゅういちろう)が生れてからは、そんな暇もなくなったので、大分

家事の量は減ったけれど、それでも、常に二人ぐらいは置いていた使用人に、細々とした命令をするのは、康代の仕事だった。

しかし、秀一郎ももう十八歳になった。大学にも入った。

康代は、何だか毎日の中にポッカリと空いた空白の時間を埋めるために、またせっせと料理や洗濯、掃除に精を出し始めたのだった。

夫の秀は、あまりいい顔をしなかった。八木原家の長男の嫁が、手を洗剤でカサカサにしていては困る、というわけだ。

でも、康代は気にしなかった。

ちょうど、二人の使用人が、バタバタと結婚して辞めて行った。

康代は、一人で家事をこなすには、もう体力がなくなって来ていることを悟った。でも一人、誰か使える子がいれば……。そうすれば、充分やって行ける。

こうして雇われることになったのが、山中千津である。

たった三週間。――そうなのだ。まだ、たった三週間しかたっていない。

それなのに、千津は、すっかり家の中のことを憶えてしまった。

「楽になっていいわね」

と、義妹の圭子に言われて、

「ええ……」

と、曖昧に微笑んだものの、実のところ、康代は心中、穏やかでなかった。

この家の中での、康代の存在が、消えてしまったからだ。

いや、それは多少、康代の思い込みでもあったが、実際、あまり目立たず、万事に控えめな康代は、何かの置き場所を訊くときぐらいしか、名前を呼ばれることはなかったのだ。

「康代さん、あのときのベルト、どこへやった？」

「康代さん、ハサミは？」

「康代、俺のキーホルダーを知らないか？」

「母さん、僕の手帳見なかった？」

等々……。

誰も彼もが、康代に、訊いて来た。

といっても、この家の中に住んでいる人は、母親の亮子――その夫は十年前に亡くなっている――。長男で康代の夫、秀。そして子供の秀一郎。

それから次女の圭子。

長女の房子は、結婚して家を出ていたが、それも色々とあって……。いや、そのことはまた別として――。

ともかく、みんな、康代に訊けば、何がどこにあるか分ると思っているのだ。そして実際、康代は物を片付けて歩くことが好きだった。

また、八木原家の血統なのか、それとも、金持の習性なのか、みんなよく持物をあちこちに放り出しておく。それを片付けるのは康代の仕事で、だから康代に訊けば、大抵のことは分る、というのは事実だったのである。

それが——このところ、康代の名が呼ばれることは滅多になくなった。

その代り、誰もが、

「千津さん。ちょっと——」

「千津さん、悪いけど、お願い」

「ねえ千津さん——」

なのだ。

たった三週間で、千津は、康代の占めていた場所を、すっかり奪ってしまった。

だからこのところ、康代はあまり体を動かさない。従って、どことなく体の調子がおかしいのである。

本当に——康代は、ぼんやりと高い天井を眺めながら思った——自分はこの年齢まで何のために生きて来たのかしら。

康代は苦笑した。そんなことを、自分が考える日があるなんて、思ってもみなかった。

よくTVドラマなんかで、物思いにふけってばかりいる人妻が出て来ると、どこにあんな、暇を持て余している奥さんがいるかしら、と馬鹿馬鹿しくなったものである。

でも、今、自分がその「馬鹿らしい人妻」の役を演じつつある……。

「——失礼します」

突然、声をかけられて、康代はギョッとして立ち上った。

「千津さん！　ああ、びっくりした」

と胸を押える。

「すみません、びっくりさせるつもりじゃなかったんですけど——」

と、千津は頭をかいた。

「いいわよ」

と、康代は笑った。「ちょっとぼんやりしてたものだから。——なあに？」

「あの……セールスマンが玄関に来てて、帰らないんですけど」

と、千津は困り果てたように言った。

「あら、門の所で断わらなかったの？」

「それが、セールスマンだなんて言わないで、名前を言ったもんですから、秀一郎さんのお友だちか誰かかと思って。——声が若かったんです」

「まあ、そうなの。でも、そういうのは、いつもセールスマンが使う手なのよ」

「すみません。本当に狡いんだもの……」

と、千津はカッカしているようだった。

「いいわ。じゃ、私が追い返してあげる」

「すみません、以後気を付けますから」

と、千津が頭を下げる。

「いいのよ。あなたそろそろお買物でしょ？　行って来ていいわよ」

「はい。じゃ、お願いします」

千津は、タッタッと、小刻みなスリッパの音を残して立ち去って行く。

康代は、ちょっといい気分で、居間を出ると玄関の方へ歩いて行った。

千津に、自分の「居場所」を取られたといっても、別に康代は千津を嫌っているわけではない。ともかくよく働くし、万事に器用で、こまめに動き、仕事もていねいである。

仕事をすることが、楽しくてたまらないらしい。――今どきの若い子としては、珍しいとしか言いようがなかった。

康代としては、三十五にもなるのに、未だに、仕事もせず、結婚もせずにぶらぶらしている圭子よりも、千津の方にずっと好感を持っていた。

それでも、千津が、何か苦手なことを頼んで来たということが、康代には嬉しいのである。

玄関へやって来た康代は、ちょっと顔を引き締めた。

相手に、これは、いくら押してもだめだな、と思わせなくては意味がないのだ。

亮子も珍しく知人の宅へ出かけ、圭子は例によって昼ごろ起きて、どこへ行くとも言わずにフラリと出て行った。一人になると、いつもは引込みがちな康代も多少強気になる。

玄関に、いかにもセールスマンというグレーの背広の男が、アタッシェケースを手に立っていた。

どの程度の金持なのか、と値ぶみしているところらしく、ちょうど康代の方に背を向けて、気付かなかった。

「――ご用でしょうか」

と、康代は言った。

「あ、奥様でいらっしゃいますか。突然お邪魔いたしまして。私、一流家庭の方々に、それにふさわしい百科事典をお備えいただくように、お願いして回っているのでございますが」

こういう仕事に特有の、早口にまくし立てるようなしゃべり方。相手に、答える間を与えまいとする、押しつけがましい言い方である。

千津のような若い子では、ただ押しまくられてしまうだろう。こういう相手には、ともかくしゃべらせてしまうに限る。いずれ、言うことがなくなって、パンフレットを出そうとする。

言葉がとぎれるのを、待つしかない。

だが、セールスをやるにしては、少し年齢がいっていた。五十歳ぐらい？　いや、もう少し若いのかもしれないが、髪に多少、白いものが混っているので、老けて見えるのかもしれない……。

「内容的には各界の方々のご推薦をいただいておりまして――」

最初は声だった。

どこかで、耳にしたことのある声だ、と思った。

このしゃべり方、少し鼻にかかった声。――でも――思い出せない。

「ぜひお考えいただきたいんですが、いかがでございましょう？」

質問するときの語尾に、ちょっと独特のアクセントがつく。

康代の胸が突然激しくときめいた。――まさか！　そんなはずはない！

そんなことが……。

「今は、奥様だけでいらっしゃいますか」

と、相手は訊いた。

「下山(しもやま)さん」

自分でも気付かない内に、康代はそう言っていた。

2

彼女が引出しから、鉛筆を出して、削り始めた。

いかにも、仕事が少々くたびれたので、という様子だ。

八木原秀は、席でタバコをふかしていた。——あまりすることもない。

部長職とはいえ、要するに伝票に判を押すのが、一番の仕事という席だった。近々、もっと重要なポストへ回されることにはなっていたが、それは秀の業績が評価されてのことではない。

あくまでも、八木原家の威光が効いているのだ。

「部長」

と、秘書の牧野が声をかけて来た。

うるさいやつだ。仕事の話しかしない。

女のことも、酒のことも、まるで分らない男なのだから、全く！

「何だ」

と、秀は言った。

「今夜のパーティですが、お車を回しましょうか」

「パーティ？」

「はい。M印刷の二十周年記念――」

「ああ、そうか」

そんな話を聞いたようでもあるが、一向に憶えていない。その必要もないのだ。

「ちょっと今日は気分が悪いんだ」

と、秀は首を振った。

「ですが、あそこは長い取引先ですし――」

「そんなことぐらい分ってる」

と、秀は、不機嫌そうに言った。「ともかく行ければ行くよ。そうだろう」

「すみません」

全く、こいつは。――叱られると分っていてやかましく言い出すんだから。叱られるのが好きなのか。マゾヒストなのかもしれないぞ、と秀は思った。

「お前、代りに行け」

「そんなわけには――」

「詫（わ）びだけ言って来い。どうしても外せない用がある、と。そうだ、誰かのお葬式だと言っとけ。それなら向うも文句は言わんよ」

「分りました」

牧野が、馬鹿丁寧にメモに取って、「誰のお葬式にしますか？」

と訊いた。

近い席の女子社員たちが、くすくす笑っている。——秀も一緒になって笑ってしまった。

「秘書が死んだので、とでも言っとくか、ええ？」

牧野は真面目な顔で、

「秘書ですね」

とメモを取った……。

馬鹿らしくて相手がしとれんよ。

秀は、立ち上ると、廊下へ出て行った。

トイレに入って、用を足すと、洗面所で顔を洗った。多少は眠気も覚める。

「畜生……」

意味もなく、そう呟くのが、秀の癖だった。

今夜はもつかな？　まあ、このところあまり体力を消耗してはいない。

何とか二回戦ぐらいまではやれるだろう。向うが満足しなければ、何かハンドバッグでも買ってやればいい。

部下の三輪公子との仲も、もう二年近くになって、正直なところ、少々飽きが来ていた。

最初のころは、公子の、張りのある肌が新鮮だったものだが、このところ、だいぶ太って来て、何だか女房を抱いているのと、あまり変らなくなってしまった。

これじゃ、金を使って遊ぶ意味がないというものだ。

それに、何といっても、秀も四十八歳である。――あまり貪欲な相手には、とてもついて行けない。

鏡に映った我が身を、秀はまじまじと眺めた。――少し頭は薄くなりかけているし、腹もずいぶん出て来たが、しかし、まだまだスマートな部類に入るぞ、と、自分へ言い聞かせている。

三輪公子が、ああして鉛筆を削り始めると、「今夜どう?」という誘いなのである。まあ、まだ公子には未練はあるが、しかし、大分薄らいで来た。それというのも、理由がある……。

廊下へ出て、秀は足を止めた。

「何だ、どうした?」

息子の秀一郎が立っていたのである。

「時間ある？」

と、愛想のないことだ。

「ああ、あるさ。何だ、小遣いか」

「ちょっと――」

十八で、もう完全に父親の背丈を頭一つ近く追い越している秀一郎は、ヒョロリとやせ型で、およそ秀に似ていない。いつも、ちょっと背中を丸め、ジーパンのポケットに手を突っ込んで歩いている。

今日も、例外ではなかった。

「待ってろ、秘書に言って来る」

と、秀は言った。

ビルの最上階に、喫茶室がある。

接待用だが、あまり本来の目的に使われることがなく、さぼりに来ている社員が多い。秀たちが上って行くと、若い社員たちが、ちょっと顔を伏せて気付かないふりをした。

「――大学へ行ったのか」

と、秀は座るなり訊いた。

「一応ね」

秀一郎は、すぐにタバコを出して、火を点けた。秀は顔をしかめた。

「おい、コーヒー二つだ。——それで、何の用だ?」

秀は、およそこの息子に愛情というものを抱くことができなかった。

大体が、可愛げのない子供だったのだ。

それに、妻の康代が、息子に夢中になっていたのも、気に入らなかった。しかし、息子は息子だ。

中学生のころは、かなり優秀な生徒で、秀もよく知人に自慢していたのだが、その反動か、高校へ入ると、何やら、怪しげなロックグループなどを作って、パッタリと勉強しなくなった。

大学は、八木原家の名前で、私大へ入ったが、毎日、果して学校へ行っているのやらいないのやら、秀にもまるで分らない。

ともかく、何を考えているのか、見当もつかない。——今の若い連中は、どこでも似たようなものらしいが。

「俺、結婚したいんだ」

と、秀一郎は言った。

秀は、ちょっとの間、ポカンとしていた。

「――何だって?」

「結婚したいんだよ。いいだろ、俺だってもう十八だから」

こんな話を、多少は照れて、あるいは、ご機嫌をうかがうように言うのならともかく、ニコリともせず、さりとて、思い詰めた様子でもなく、ポツリと言う感覚は、秀には想像しかねるものであった。

「おい、お前、いくつだと思ってるんだ? それにまだ学生の身じゃないか」

「何とでもなるさ。バイトでもして」

と秀一郎は、運ばれて来たコーヒーをガブリと飲んだ。「でも、差し当りは俺の金なんてないからさ。式とか何かの費用は、父さん、出してくれるだろ」

「待て。おい、待てよ」

と、秀は言った。

遅まきながら、腹が立って来たのだ。

「まだ俺はいいと言ってはいないぞ」

「だめだっていいさ。家を出るだけだからね」

一向に、感情的にもならずに言うところが一層、秀のカンに触る。

秀は、一旦口をつぐんで、長い足を窮屈そうに折り曲げている息子を見ていた。

どうして今の若い奴らは、話している相手の目を真直ぐに見ないのだろう、と秀は思った。

　別に、見られなくてそうしているわけではないのだ。

　ただ、見ても面白くないから――そんな感じなのだ。

「お前にはずいぶん好き勝手にさせて来たんだ」

　と、秀は言った。「しかし、結婚はだめだ。それはお前一人の問題じゃない。母さんがどう言うと思うんだ」

　秀が「母さん」と呼ぶのは、秀一郎にとっては祖母の亮子のことである。康代のことは、息子の前でも「康代」と呼んでいた。

「あの人は関係ないだろ。俺が結婚するんだから」

「そうはいかん。お前は八木原家を継ぐ人間だ。お前一人が勝手に決めることはできん」

　父親の反対にも、秀一郎は一向に動じる様子がなかった。――頑として動じないのではなく、まるで他人の噂話でもしているかのように、熱のない話し方なのである。

　ここで怒ったら負けだ、と秀は思った。

　それに、会社の連中が大勢見ている。こんな所で怒鳴るわけにはいかない。

「――ともかく、そんなに急ぐことはないだろう」

　と、秀は穏やかに言った。「どんな相手なのかも聞きたい。大学を出るまで待ったっていいじゃないか。――今夜、ゆっくり話をしよう」

「いいよ」

と、秀一郎は、ちょっと肩をすぼめて見せた。「じゃ、帰る」

立ち上った息子へ、

「今夜はちょっと遅くなる。どうせ起きてるんだろう?」

と、秀は言った。

「うん」

秀一郎は、薄汚れた布のバッグをヒョイと肩にかけて、喫茶室を出て行った。

やれやれ。

秀は首を振った。――全く、とんでもないことを言い出す奴だ。

今夜は、公子とも少し早く切り上げなきゃなるまい。いい口実になる、とも思った。

秀は、コーヒーをゆっくりと飲み干した。

窓際の席で、向い側にも、こっちと似たようなオフィスビルが見える。ちょっと小太りの可愛い女子事務員が、コピーを取っていた。

ちょっと似てるな、と秀は思った。

胸の膨みが、ここからでもよく分る。

――どうなんだろう、と秀は思った。山中千津は、俺に気があるのかな?

それが気になるというのも、そもそも、秀が、千津のことを気に入っているからである。美人という顔立ちではないし、スタイルからいっても、がっしり型で、決してスマートとはいえないのだが、どこか男心をそそる「かよわさ」を秘めている。

あの子が、抵抗しながら、首を横に振って、なおも腕の中にくずおれて来る場面を想像すると、それだけで興奮して来る。

いや、千津の方でも気があるのかもしれないというのは、必ずしも希望的観測ではないのだ（と、秀は思っていた）。

千津がこっちを見る目には、そこはかとなく、熱いものが感じられることがあるし、それに、わざわざ目をそらして挨拶するさまなどは、却って、意識しているのを白状しているようなものではないか。

三輪公子との情事が、少々鼻につき始めたのも、一つには千津が出現したせいでもあった。

そう。――そろそろ公子の奴とは別れる時期かもしれない。

こじれると面倒だし、却って金がかかることにもなりかねない。最初から、多少気前よく払っておいた方が、問題が起らないだろう。

いくらかな？　百万？――ちょっと少ないか。

しかし、三百万も出すのは惜しい……。

秀は、息子の結婚話でカッカしていたことなど、まるで忘れてしまっていた。

3

「しかし、大したもんじゃないか」

下山は、ソファにゆったりと腰をおろして、広々とした居間の、高い天井を眺めやった。

「こんな大邸宅の奥様ってわけだ」

「よしてよ」

と、康代は、ちょっと笑って見せたが、引きつったようなものにしかならなかった。

「もう二十年にもなるか」

「早いわね」

「俺は老けたが、君はあんまり変らないな」

と下山は言った。

「そんなことはないわ。息子が十八よ」

「そうか。俺の娘は十六だ」

「まあ、楽しみね」

「生きてればね」

　康代は戸惑った。下山は、ちょっと肩を揺すって、

「車の事故でね。俺は助かった。しかし、娘の方が死んじまった。三年前だ」

「まあ。――気の毒に」

「女房も、三か月たって、出て行っちまった。――もともと、子供だけでつながってるようなもんだったからな。それが消えりゃ、おしまいさ」

　下山はせせら笑うように軽く鼻を鳴らした。「それから一年ほどは、会社も自然に辞めちまって、寝たり起きたりの生活だった。――本当に地下道の浮浪者まであと一歩ってとこだったよ」

「無理もないわ、そんなことがあったんじゃ……」

「でも、思い直してね。まだ、やり直せるかもしれない、と思ったんだ。どうせ大したことはできやしないが、ともかく、食べられるだけは稼ごう、とね。――それでこの商売を世話してもらったのさ」

「あなた、昔から、口は達者だったじゃないの」

　と康代は言った。

「そうだったな。――あれ、いつだっけ、君が友だちと一緒で、俺たちが二人きりになれなくて困ったとき。君の友だちをいかにして先に帰らせるか……」

「そうだわ。あなた、友だちに、顔色が悪いとか、目が赤いとか、色々吹き込んで、とうとう、彼女本当に気分が悪くなって帰っちゃったわね」

「ありゃ愉快だった」

「二人で笑い転げたっけ。——でも、あのあと、彼女、三日も寝込んだのよ」

「そいつは凄い！　俺の超能力も大したもんだ」

「治すのじゃなくて、具合を悪くさせる超能力なんてある？」

二人は笑った。

康代は、何か、不意に息苦しいような思いに捉えられた。ああ、私も以前はこんな風に笑ったこともあったんだわ、と思った。

二十数年前の昔が、突然、休火山が火を噴くように、生き返って来たのだ。

下山の方も同じ思いだったらしい。——二人の笑いは唐突に止った。

しばらくは、重苦しい沈黙があった。

——何か言わねば、と康代は思った。とても堪えられない。

「あの——」

「康代、君は——」

と同時に言いかけて、また二人は口をつぐんだ。

下山が、一つ息をついて、言った。

「君が結婚すると知ったときはショックだったよ」

「だって……あなたは止めてもくれなかったじゃない」

どうしてこんなことを言うのかしら？　馬鹿らしい。メロドラマのヒロインじゃあるまいし……。

「俺は一介の平のサラリーマンだった。それにお袋を抱えていたし」

「そんなこと……」

と、康代は、両手を膝の上で、握ったり、開いたりしながら言った。「私、そんなこと気にしてなかったわ」

「だが、こんな大家の奥様におさまるというのを、やめろとは言えなかったんだ」

「そう言ってくれれば――」

「やめたかい？」

康代は、胸が一杯になった。何も言えない。――まるで、二十年前に一気に戻ってしまったようだ。

下山が、ホッと肩の力を抜いた。

「――今さら言ってどうなるもんでもないさ。そうだろ？」

「ええ……」

そうだわ。もう二十年も前のことなのだもの……。

「それとも——」

と言いかけて下山はいきなり康代の手を取った。

康代は、まるで熱いヤカンにでも触れたように手を引っ込めた。

そして、引っ込めたことが、ひどく悪いことのような気がしていた……。

「すまん」

と、下山は、そっと額を拭(ぬぐ)った。「君があんまり昔と変らないもんだから、つい、ね……」

そんなこと、と康代は口の中で呟いた。でも、そうなのかしら?

少し、太ったし、ちょっと肌もくたびれて来た。でも、見て分らないというほどでもない……。

「それに比べて俺はもう爺さんだ。髪も白くなって来たし。——しょせん別世界に行っちまったんだからな、君は」

下山は自嘲(じちょう)気味に言った。

「そんなことないわ……」

と、康代は呟くように言った。「あなたも昔のままよ」

「ありがとう」

下山はちょっと笑って、「年寄りを慰めてくれて」

と言った。

「あなた……」

「旦那はいい人かい？」

下山は目をそらしながら言った。

「ええ、そうね。――ごく普通よ」

そうだろうか？　あの人は一体どうして私と結婚したのかしら、と思うことがある。別に誰でもよかったのかもしれない。口答えしなくて、よく働いて、子供を生んでくれる女なら、誰だってよかったのではないか……。

長男が生れてからは、急にその気もなくしたように、康代の体にめったに手をつけなくなってしまった。

夫婦なんて、どこもこんなものなのかしら、と、康代は考えていたものだ。

でも――ほとんど同じ年齢の、この家の長女、房子と話をしていて、何度もびっくりさせられることがあった。

少なくとも、他の夫婦は、康代たちのように、何か月に一度などということはないらしい。

「そんなに、男なんて我慢してられるもんじゃないわよ」

と、房子は言ったものだ。「もし、ずっと間が空くようなら、きっと浮気してるのね。決ってるわ」

――そう言われて、気を付けてみると、仕事で遅くなったはずの夫のシャツから石ケンが匂うことも、しばしばあった。

女がいる。そう思い付いても、大してショックも受けなかったのは、無意識の内に、そう考えていたからだろうか。

「ごく当り前の夫よ」

と、康代はくり返した。

「しかし金持だ」

「やめて」

と首を振った。「二十年たっても、ここには私の場所がないみたいなの。いつも小さくなってるわ」

「そうか」

下山は、皮肉っぽい表情を消して、肯いた。「君も苦労してるんだな」

「もちろんお金の苦労はないけど」

「庶民にとっちゃ、そこが大違いなのさ」

下山が気楽に言って笑った。

康代はホッと心が軽くなるような気がした。――二人の間にあった、重苦しい、見えないおもりが、取り除かれたようだった。

「ともかく――」

と、下山が言った。「会えて嬉しかった」

「私もよ」

「俺は……」

下山はためらった。

「なあに？」

「いや――勝手なことを言うようだけど――君のことを忘れたことはない」

康代は、胸が熱くなるのを感じた。

こんな優しい言葉を、夫にかけてもらったことがあるだろうか。愛しているとか、ちょっと疲れてるんじゃないか、とか――。

「でも、こうして会えたんだし」

と、康代は言った。

「そうだな。もしまた――」

「え？」

また。また会えたら……。

また会ったらどうなるだろう？　どうにもなりはしない。

そうだわ。もう私は四十六で、人妻で、こんな大家の奥様なんだもの……。昔の友だち一人と会うことぐらいで、どうもなりはしない……。

「もし、また――」

と、下山が低い声でくり返した。

ドアが開いた。

「ただいま帰りました！」

山中千津が、息を切らしながら言った。「――あ、すみません。お客様――」

と言って、下山の顔を眺める。

「あ、あの――」

と、康代はあわてて立ち上った。「実はね、この人、私の遠い親類なの」

「まあ、そうだったんですか。すみませんでした」

「いいえ、偶然なのよ。わざわざ訪ねて来たわけじゃなくて。もうお帰りになるから」

「私、買って来たものを冷蔵庫へしまってますので」

と、千津は言って、ピョコンと頭を下げると、出て行った。

「さあ。もう失礼しようか」

と、下山は言った。

「ええ。——会えて楽しかったわ」

いやに言葉がぎこちなくなった。

玄関の所まで送りに出る。

「——じゃ、君も元気で」

と、下山は靴をはいて言った。

「電話して。何かあったら……」

と、早口に康代は言った。

「こっちからかけちゃまずいんじゃないのか?」

と下山は言って、手帳を出すと、電話番号をメモして康代の手に握らせた。

康代が、それを手の中に握りしめる。

「会社にはほとんどいないからね。夜ならそこにいる」

「お宅?」

「アパートだよ。電話以外は何もないところだよ。ここは大違いだ」

と、下山は笑って言った。

それから、急にセールスマンの口調に戻り、

「それでは大変、お邪魔いたしました」

と、頭を下げて、出て行った。

「あの人ったら……」

康代は一人でクスクス笑っていた。

「あの——康代様」

と、千津に声をかけられて、ギョッとする。

「は、はい！——何なの？」

「今、辻間様からお電話がございました」

「辻間さん？　何のご用かしら？」

「今度の週末に、ご夫婦でおいでになりたいそうですが」

「あら、そう。週末は——確かみんないたはずね」

と、康代は考えながら言った。

「圭子様が、どちらかへお出かけとかおっしゃっていましたけど」

「圭子さんが？　そう。——どこへ行くのかしら」

「たぶん、箱根の別荘じゃないでしょうか」

今では、千津の方がよほどみんなの予定をつかんでいるのだ。——いつもなら、

「電話は切らずに私に取り次いでくれなきゃだめよ」

とでも注意してやるのだが、今の康代は他のことで頭が一杯だった。

そう、下山のことで。いや、二十年前の自分自身のことで、と言った方がいいかも

しれない……。

「じゃ、夕食の仕度をしましょうか」

と、康代は少し声を高くして、言った。

4

「週末に？」

辻間房子は、夫の言葉に、ちょっと目をパチクリさせた。

「さっき、電話しておいたよ。構わないだろう？」

辻間京二は、パイプを口から離して、言った。

「いいけど……」

房子は肩をすくめた。「この前の父の法事に失敬しちゃったから、ちょっと顔を出しにくいのよね」

「別に文句は言われないさ」

「そう。だから、余計にやりにくいの。――でも、たまに用がなくても顔を見せとけば、多少は違うかしらね」

房子は、八木原家の長女である。

四十五歳。三つ年下の辻間と結婚して、十七年たつ。

「待って。週末って土曜日？　金曜日のこと？」

房子は居間のソファに身を沈めながら言った。「それによって違って来るわ」

「どうしてだ？」

「コートを頼んできちゃったのよ。いいミンクが八十万で出てたから、ヒョイと買っちゃった。金曜日には届くはずなのよね。だから、金曜日でも、少し遅目なら――」

辻間は、ちょっと長い笑みを浮かべた。

「遅くたっていいから、金曜日に行こう」

「あら、そう。――別にいいけど、どうしてなの？」

「金、土と二晩泊れるじゃないか」

「泊って、どうするの？」

「仕事をする時間ができる。一晩だけだとチャンスがないかもしれん」

「そうね」

房子は、分っているような、分っていないような声を出した。

大体、房子はのんびり屋で、あまり物事を深く考えない性質なのである。

体型の方もそれにふさわしく、ほぼ円筒型に近いでっぷり型であった。

母の亮子とは違った意味で、子供っぽいというのか、幼い印象が残っている。――

亮子が子供の純真さを残しているとすれば、房子は子供のわがままと金銭感覚の欠如を、そのままに、大きくなった、と言うべきかもしれない。

マンションは結婚のとき、父親に買ってもらったものだし、夫が事業を始める資金も、房子の父から出ていた。

つまり、まるきり八木原の家におんぶした格好で、二人の結婚生活は始まっていたのである。

そして十七年。――子供はなかった。

房子が太りはしたが、相変らず子供っぽいのも、そのせいかもしれない。

「でも、仕事って?」

と、房子は訊いた。「あなた家へ行ってまで仕事するの?」

「そうだよ」

と、辻間は雑誌をめくりながら言った。

「そんなに忙しいの、お仕事?」

実のところ、房子は、夫の仕事が何なのかを、よく知らない。それは房子のせいでもなく、実際に、夫の仕事は、何でも扱うブローカーみたいなもので、どんな仕事、と一言では説明できなかったのである。

ただ、銀座の方に、事務所を一つ持っているということは知っていた。

「仕事か……」

と、辻間は呟くように言った。

「事務所でなくても、できる仕事なの？」

と、房子は訊いた。

「そんなもの、ないよ」

と、辻間は言った。

「ない？」

「事務所はとっくの昔に閉鎖しちまった」

「どうして？」

「潰れたのさ」

房子はポカンとして、

「潰れた？」

と訊き返した。「何の話？」

「要するに、事業で失敗して借金の山をかかえてるんだ」

「誰が？」

房子が言ったので、辻間は弾かれたように笑い出した。――房子は当惑していた。

「何がおかしいの？」

「いや――お前らしいよ。何も気付かなかったんだろう。俺の会社が潰れたことも、このマンションも家具も、一切、借金の担保に入ってることもな」

「ここが借金の――」

やっと、房子はびっくりした。「でも――そんなこと一言も言わなかったじゃないの！」

「お前にそんなこと言ったって、仕方あるまい」

と、辻間は首を振った。「それに、俺だって、自分の力で何とか切り抜けようと思ったんだ。しかし、何しろ状況が悪すぎた」

「だったら、お母さんに相談すれば良かったのに――」

「俺にだって、意地ってものがある。分るか？　この家もお前の家に買ってもらった。車もだ。俺の仕事だってそうだ」

房子はコックリ肯いた。

「だから、何とか、お前の家に知られずに済ませたい。――これは俺のプライドがかかっているんだ」

「分るわ」

と、房子はしみじみと言った。

その実、何も分っちゃいないのだが。

「だから、週末にお前の家へ行くのさ」

「そう」

と房子は言ってから、「でも、家で仕事ができるの？」

と訊いた。

「お前の家でなくちゃできない仕事なんだ」

「そんなのがあるの」

「お前の所は、宝石類が沢山金庫へしまい込んであるんだろう？」

「ええ。代々のね。めったに出すことなんかないんだけど」

「それを、いくつか借りたいんだ」

房子は目を丸くして、

「だめよ！　あれはだめ」

「どうしてだ？」

「お母さんが許さないわ。どんなことがあっても、あれは手をつけない、と決めてるんですもの」

「分ってるとも。だから、こっそりと二つ三つ借りるだけだ」

「無理よ、そんな――」

「盗むんじゃない。借りるだけだ。担保にして金を借りる。それを元に、儲（もう）けたら、担保を返してもらい、またこっそり宝石は金庫へ戻す」

「そんなに——うまく行く？」

と、房子はキョトンとして言った。

「行くさ。俺の勘を信じろよ」

そんなに勘が良ければ、借金でにっちもさっちもいかなくなることはないだろうが、房子はそんなことは考えない。

ともかく、働いたという経験のない人間なので、仕事をしている人間——特に夫——の言うことはコロッと信じてしまう。

「そうなの……」

と、何となくスッキリしない顔ではあったが、別にそれ以上は反対もしない。

「金庫はどこにあるんだ？」

「お母さんの寝室よ」

「場所を知ってるか？」

「ええ」

「よし。開けられるんだろう？」

「無理よ」

「どうしてだ？」

「鍵がない」

「鍵は誰が持ってる？」

「お母さんよ、もちろん」

「どこに？」

「身につけてるわ」

「身につけて？」

「腕にゆるい輪をはめてるでしょ、いつも」

「ああ、金のやつか」

「あそこでチャリチャリ鳴ってるのの中に一緒についてるのよ」

辻間は、ちょっと呆(あき)れ顔で、

「あんな所に持ってるのか！　予備の鍵は？」

「ないはずよ」

「ふーん」

辻間は、ちょっと考え込んだ。「――しかし、いつもそれをはめているわけじゃあるまい」

「寝るときもつけてるわ。それにお母さんは、凄く眠りの浅い人なの」

辻間は、顎(あご)を撫(な)でた。

「――風呂へ入るときはどうだ？」

「さあ……。私、一緒に入ったわけじゃないから。――でも、たぶん外すんじゃないかしらね、そのときぐらいは」

「それだ。そのときにちょっと借りて――」

「服を脱ぐのもバスルームの中よ。寝室付のバスだから。中へ入って持って来るってわけにはいかないわ」

辻間はため息をついた。

「そうか……。じゃ、仕方ないな」

「諦（あきら）めて、お母さんに頼みなさいよ」

と、房子は言った。

「いやだ」

「じゃ、どうするの？」

辻間は立ち上った。

「どこへ行くの？」

「出て来る。――後で、これを見といてくれないか」

と、辻間が少し大きめの封筒を、房子へ渡した。「いいか。俺が出てから十五分はこれを開けるんじゃないぞ」

「十五分？」

「そうだ。十五分だ。——分ったか？」

「いいわ」

辻間は、居間を出て行った。出がけに、振り向いて、

「十五分は見るなよ、いいな？」

と念を押す。

——玄関のドアの閉る音がした。

いくら房子がおっとりで鈍くても、あれだけ「見るな」と言われれば、見ないわけにはいかなくなる。十五分、というのが気になって、ほんの十秒間ほどためらったが、封筒を開けて中を出してみる。

房子は目をパチクリさせた。——保険の証書である。

「何かしら？」

房子はこの手の書類を見るのが大の苦手である。大体、領収書だってろくに見ない。時々、請求書も見ないで捨ててしまうことがあるのだ。よく催促の電話がかかって来る。

それにしても、十五分たったらこれを見ろなんて、どういうつもりかしら？

房子は首をひねった。それから、ヒョイと肩をすくめて、

「帰ったら訊いてみればいいわ」

と、テーブルの上に放り投げた。

——一方、辻間の方は、マンションの地下にある駐車場で、苛々しながら、房子の来るのを待っていた。

いくら鈍いあいつでも、あの意味が分らないということはあるまい。

房子が、保険の証書を見る。夫が、

「十五分待て」

と言ったことを思い出す。

そして——夫は死ぬつもりなんだ、とハッとして、

「あなた、待って！」

と必死で追って来る。

今しも駐車場から辻間の車が出ようとするところで、房子は車の窓にすがりつくようにして、

「思い直して！　何とかあなたの希望通りにしてみるから！」

と叫ぶ……。

と、まあ、こういう筋書だったのである。

しかし——一向に房子は降りて来ない。

もう十分もたつというのに！　あいつ、馬鹿正直に、十五分待つつもりじゃないだろうな？

いや、そうかもしれない。——そうなるとこっちがまだこんな所でウロウロしているのも、おかしなものだ。

辻間は、車に乗り込むと、エンジンをかけた。——エレベーターの表示が、地下へと下って来るのが目に入った。

「やっと来たか！」

車をゆっくりと走らせ、ちょうど、エレベーターを出て来た房子の目に止るように……が、出て来たのは、隣の部屋の男だった。

「お出かけですか」

と、辻間に気付いて、手を上げて見せる。

「どうも……」

こうなると、辻間としても、そのまま駐車場を出ないわけにはいかない。

仕方なく表の通りに出ると、ノロノロと車を走らせた。

マンションをぐるっと回って、ベランダの側へ出る。——居間に明りが点っていて、よく見ていると、人影が動いていた。

房子の奴！

辻間は頭へ来た。まるで気付かないのか、それとも死んじまえばいいと思っているのか……。

いや、あいつのことだ。まるで意味が分っていないのだろう。辻間としては立場がない。

これでどうする？

のこのこ帰って行って、房子に、

「これなあに？　新しい保険にでも入ったの？」

と訊かれたら、どう答える？

「見てろ、畜生！」

と辻間はやけになって言った。「本当に事故を起して死んでやる！」

辻間はぐっとアクセルを踏んだ。

——三十分ほどして、ソファでウトウトしていた房子は、玄関のチャイムの音で目を覚ました。

「帰って来たのかしら」

欠伸（あくび）をしながら出て行くと、立っていたのは警官で、

「失礼します」

「はあ」

「ご主人が車で事故を起されまして」

「事故を？」

と、房子は訊き返した。

そしてさすがの房子も、やっとあの証書の意味に気付いたのである！

「あの——主人はどうなんですか！」

房子は真青になって訊いた。

「ここにおいでですよ」

と警官が言った。

辻間が、何だか少しショボクレ気味に、向うの方に立っている。

「じゃあ、事故って——」

「ギヤを入れ間違えたらしいですな。前へ行くつもりでバックして、後ろの車のバンパーやライトを壊したんです。向うから当然損害賠償請求があると思いますので、その点は覚悟しておいて下さい」

房子は、何だか体の力が抜けてしまうような気がした。

——辻間は、ソファに座って、長いこと口をきかなかった。言うべきこともない。そして、言うほどのこともなかった。

「あなた……」

と、房子が言った。

「借金に加えて、車の弁償だ。――全く、救い難いよ」

「そんなことないわ」

「実家へ帰るなら、帰ってもいいぞ」

「帰らないわ。どうせ週末に行くんじゃないの」

「行って何になるんだ？　馬鹿らしいよ、わざわざ――」

「だって、宝石がいるんでしょ？」

辻間は房子を見た。

「しかし、無理だって――」

「ちょっと思い付いたのよ。ほら、お母さんをお風呂へ入れてるのは、あの若いお手伝いの子でしょ」

「ああ、千津とかいったな」

「そうそう、千津さんだったわね。いくら考えても思い出せなくて」

「そうか」

と、辻間は肯いた。「あの子に鍵を――」

「若い子だもの、お金をあげれば何とでもなると思うわ」

「房子！」

辻間は目を輝かせた。「お前は天才だ！」

辻間は房子を抱きしめた。二人はそのまま床のカーペットの上に転がった。たまま床に落ちたとき、房子の方が上になっていたので、辻間は息が詰まりそうになったが、何とかこらえて、自分が上になると、安心してもう一度抱きしめるのだった……。

5

「そう、房子たちが？」

「はい、奥様」

千津が、亮子の服を替えさせながら言った。

「それは久しぶりね。——じゃ、ぜひ家族全員で会食ということにしましょう」

「すてきですね」

「少し特別の料理にしておくれ。康代さんとも相談して」

「はい」

この返事の輝きは、一向に変らない。

亮子は、感心していた。こんなに真面目で、よく働く子が今どきいるなんて……。

ぜひ、この子の嫁ぎ先は、私が見付けてあげなくては。

「すぐ夕食になさいますか?」

と、千津が訊いた。

「少し休んでからにしましょう。疲れちゃったわ」

「はい。こぶ茶をお持ちしましょうか?」

「ああ、結構ね。いただくわ」

「すぐお持ちします」

千津の、小気味よい小走りの足音が遠ざかる。

「本当に……」

と、亮子は首を振った。

こっちの気持を、すっかり飲み込んでいる。あの若さで、よく、と感心してしまう。

亮子は、毎日がこのところ快適だった。

千津は、まるで生活の輪に弾みをつけてくれるようだった。少し気が重くなると、何かそれを救ってくれるようなことをしてくれるのだ。

これは容易にできることではない。

こぶ茶を飲んでから、亮子はベッドに横になった。——少し外出すると、やはり応える。

心臓も大分弱って来ているが、すぐにどうこうということはない。

「風邪を引かないで下さいよ。いいですね」

と、かかりつけの医者にしつこく言われている。

抵抗力が落ちているから、ちょっとした風邪でも、大きな病気の引き金になることがある、というわけだ。

今日の外出も、医者に知れたら怒られるだろう。

「——失礼します」

と、ドアが開いて入って来たのは、康代だった。「お母様、具合でも——」

「いえ、ちょっと疲れただけ。何ですか？」

「あの……弁護士の佐伯さんがみえています」

「ああ、そうね。いけない。忘れていたわ。——もう大分待っている？」

「三十分ほど前から」

「もう年齢ね。こっちで呼んでおいて、すぐ忘れてしまうんだから。——ここへ通してちょうだい。いいえ。下でいいわ。私が行きます」

「でもご無理なさらない方が——」

「大丈夫よ」

部屋を出ようとした康代へ、亮子は、

「秀は、帰ってる？」

と声をかけた。

「いえ。――今夜は会社の用で遅くなると電話がありました」

「そう。分ったわ。少しはお酒を控えるといいのに」

酒だけではない。女なのだ。――康代には分っていたが、もちろん、亮子にはそんなことは言えない。

康代は、廊下を急ぎ足で応接間の方へと向った。

ドアが少し開いている。手をノブにかけようとして、

「どうしてもだめなの？」

という、圭子の声が聞こえた。

康代は足を止め、少し身をひいた。

「今日の話次第だ」

と、答えているのは、弁護士の佐伯だった。「君のお母さんがどうおっしゃるかによるね」

「そう……」

圭子の声は沈んでいた。

「すまないね。また機会はあるよ」

「ええ、分ってるわ」

——康代は、ちょっと困ってしまった。

二人が話しているところへ入って行くのはためらわれた。

もちろん、佐伯はこの家に出入りし始めて、五、六年もたつし、圭子とも当然顔見知りだが、今の二人の話には、秘密の匂いがあった。

まさか、今までそんなことは想像したこともない。——佐伯にはもちろん妻子がある。

それも、確か亮子が世話した相手だったのだ。

「ともかく、今度の週末はむずかしい。せっかくの機会だったのにね」

と、佐伯は言った。

「仕方ないわ。どうせ日陰(ひかげ)の身ですもの」

「おいおい」

と佐伯がちょっと笑って、「君らしくもないぞ」

と言った。

康代は、その後の沈黙に、ゾクゾクするものを感じた。——そっと覗いてみる。

佐伯と圭子が抱き合って唇を重ねていた。

康代は、頬が燃えるように熱くなるのを感じた。足が震える。

映画でもドラマでもなく、他の男女がこうしてキスしているところを覗き見るのは、初めてのことだった。それは、康代が想像したこともない、不思議な衝撃だった……。

「もう行くわ。母が降りて来ると困る」

と、圭子が言った。

康代は急いでドアから離れた。

圭子が出て来て、階段の方へと姿を消すと、康代はホッとした。

ドアが開いて佐伯が出て来た。

「ああ、康代さん、奥様はいかがですか」

と声をかけて来る。

「ええ、あの——今、こっちへおいでになるそうですわ」

「そうですか。じゃ、お待ちしていましょう」

佐伯がまた中へ入って、康代はなぜかホッとした……。

不倫、浮気。——話には聞くし、本でも読むが、この目で、身近に見たのは初めてである。

康代は、まだしばらく体中の血が騒ぐのを感じていた。

圭子が自分の部屋へ入ろうとすると、二階の廊下の置物を、千津がせっせと磨いているのが目に入った。

「よく働くのね」

と圭子は、ぶらぶらと、その方へ歩いて行って声をかけた。

「──動いてないとだめなんです。落ち着かなくて」

と、千津が手を休めずに言った。

「私なんか何一つできないのに」

「あら、そんなこと……」

「コーヒー、持って来てくれる？」

「はい。お部屋ですね」

「そう」

圭子は、部屋へ入ると、ベッドにゴロリと横になった。

何もかもが空しい。──いつまで、こんな状態が続くのだろうか。

あの千津のように、汗を流して働ける人間が、羨(うらや)しかった。自分には、それができない。苛立つときは、ただこうして、苛々と時を過しているだけである。

圭子は、見たところ、兄の秀や姉の房子と似ていない。しかし、母、亮子の面影を、最もよく残しているのは圭子だった。

姉の房子とも十歳離れ、母の三十五のときの子供ということもあって、圭子は、一番可愛がられ、また甘やかされて育って来た。

母が、なかなか手放したがらなかったせいもあってか、縁談などもあまり押しつけられず、三十近くになって、佐伯に恋するようになったのだ。

初め、秘めた片想いだったものが、直接の関係にまで発展したのは、この二年ほどだった。おそらく、佐伯の方にも、家庭で満たされない何かがあったのだろう。

母の亮子が世話した佐伯の妻は、いかにも母好みの、堅実なタイプの女性で、いささか魅力に欠けていたのは事実だった。

もちろん、五十、六十にでもなれば、また見る目も変って来るのだろうが、佐伯が、三十という年齢の割には、まだ二十代前半にしか見えない、圭子の若々しさにひかれたとしても、不思議はなかった。

圭子も、もう三十五歳である。

母も色々うるさく言っていたが、このところ少し諦めたのか、静かである。それもまた圭子には少し物足りない。

こんな金持に生れていなかったら、もちろんもっと早く結婚していたのだろうが、なまじ、家の中にいつまでも自分の場所があることで、圭子も動く気がしないのだった。

それにしても――佐伯との間は、どうなるのだろう？

いつか、妻とは別れる、と佐伯は約束してくれているが、それを信じていいものかどうか。亮子がすすめた縁談だっただけに、佐伯としても、むずかしいところだ。

圭子も、何度か、佐伯と別れようと決心したこともある。その都度、旅に出たり、外国へ絵の勉強に行ったりした。

しかし、しょせんは、圭子は佐伯につなぎ止められているのだった。結局、寂しくてたまらなくなり、戻って来る。

一度佐伯の腕に抱かれると、もう離れられなくなる。そしてしばらくその状態が続くと、これでいいのかしら、と悩むようになる……。

このくり返しだった。

「失礼します」

と、ドアが開いて、千津が入って来る。

コーヒーのポットとカップなどをのせた盆を手にしている。

そういえば、コーヒーを頼んだのだった。——圭子は、忘れてしまっていた。

「ありがとう」

「お注ぎしましょうか」

「お願い」

千津は、コップに熱いコーヒーを注ぎ、ミルクを少し、入れた。ちゃんと、圭子の好みを知っているのだ。

「あなた、偉いわねえ」

と、圭子は言った。「しゃくにさわらない？」

「何がですか？」

と、千津はカップを圭子へ手渡しながら、訊いた。

「いいの。――ありがとう」

「ポットはこちらに」

「ええ、分ったわ」

と、圭子は言って、「千津さん」

「はい」

「あなた恋人はいないの？」

千津は、ちょっと照れたように笑って、

「いないこともありません」

「へえ。――でも、三週間、ここへ来てから休みなしに働いてるじゃないの」

「そうですね。でもデートしてるより、仕事してる方が楽しいんですもの」

「まあ、珍しい人ね」

と、圭子も、つい笑っていた。

「その程度なんです。恋人といっても」

と、千津はちょっと頭をかいた。「それにデートはお金がかかるでしょ。働けばお金が入りますもの」

なるほど、と圭子は思った。単純明快な言葉に、何となく嬉しくなる。

「この家はどう？」

「とっても働きやすいお宅だと思います」

「どこでも、そう言ってるんじゃないの？」

と言って、圭子は笑った。

本当に、この子を相手にしていると、気持が軽くなる。

「いえ、本当です」

と、千津はちょっとむきになったように、「奥様はいい方ですし、お屋敷も広くてぜいたくで……」

「いい方、ね……」

と、圭子は呟くように言った。

確かにその通りだった。——母はいい人だ。だから困ってしまうのだ。

「圭子様は、どうして結婚なさらないのですか？」

と、千津が訊いた。

圭子が顔を上げて千津を見る。千津は恐縮して、

「すみません、余計なことを言って」

と頭を下げた。

「いいのよ。別に怒ってるわけじゃないから――」

圭子は、曖昧に言った。「別に独身主義というわけじゃないのよ」

「色々お話はおありじゃないですか」

「ないことはないわね」

「もったいないですわ。奥様の選んだ方なら、しっかりした方ばかりでしょうに」

「しっかりしてるばかりがいいわけじゃないわ」

「そうですね。でも――うちの母は、『いい男にポーッとなったときは、その頭が禿げたところを想像してごらん』と言ってます」

圭子は笑った。なるほど、それは真理かもしれない。

佐伯が禿げ頭になったところ？――想像したくても、できない。やっぱり恋している相手だから、そうなのだろうか。

「その内に、私も結婚するかもしれないわ」

と、圭子は言った。「いつのことやら、分らないけどね」

「やっぱり、このお宅が、居心地良すぎるんじゃないですか。私、そう思うなあ」

と千津は肯きながら言った。

「うちなんか、働きに出るかお嫁に行くかしなきゃ、とっても堪えられないんですもの。母もやかまし屋で、――圭子様は、奥様に甘えてらっしゃるんですよ」

「そうかもしれないわ」

「そうかしら」

と、圭子は、千津の言葉に合わせてやった。

「そうですよ。奥様のいらっしゃる間は、きっとだめですね」

千津は、お盆を持って、「すみません、お邪魔して」

ペコンと頭を下げ、

「失礼します」

と、出て行った。

圭子は、千津がさり気なく言った一言に、電気を受けたようにハッとした。

カップを受け皿に置いて、立ち上った。

馬鹿げている……でも――その通りなのかもしれない。

「奥様のいらっしゃる間は、きっとだめですね」

と、千津は言った。

「奥様のいらっしゃる間は……」

母の生きている間は、おそらく佐伯も、別れないだろう。

弁護士として、佐伯がまだ一流とはいえないことを、圭子は承知していた。もちろん、年齢の点からいっても、当然のことだ。彼の顧客は、大部分が、亮子の紹介になる人々なのである。

当然、上流階級や、金持の間に、彼の名も広まる。――この利点を、彼が捨てるはずもなかった。

それに、たとえ彼が捨ててもいいと考えたとしても、圭子の方で、そうさせたくはなかった。自分のために、彼が未来を捨てたと思うのは、たまらないことだった。

ということは……。

もし母が死ねば、佐伯としても、心置きなく妻と別れられるというものだ。

母が死ねば。――そう考えて、圭子は自分でもゾッとした。

千津の一言から、とんでもないことを考えてしまったものだ、と、圭子は思った。

そんなことは考えるべきじゃないのだ。

そうだとも。――母はいい人なのだから、もっともっと長生きしてほしい。

しかし、その一方で、圭子の心の中に、

「母が生きている間は」

という言葉が、こだまのように、くり返されていた。

もしも、たまたまそうなったとしたら。――それなら、仕方ないわけだけれど……。

第二章　週末

1

土曜日の夜は、一応家族が揃うというわけで、夕食の仕度は、多忙をきわめた。

さすがに千津一人ではとてもさばき切れず、康代と、それに前の晩から泊っている房子も手伝っていた。

もっとも、房子の場合は、邪魔になる方が多かったとも言えたのだが。

「――ああ、やっとこれで下ごしらえは済んだわね」

と、康代は言って、汗を拭った。

「すみませんでした、お手を煩（わずら）わせて」

と、千津が頭を下げる。

「いいのよ。今夜は、とてもあなた一人じゃ無理よ」

台所を出ると、電話の鳴っているのが聞こえて来た。

「私が出るわ」

と、康代が言った。「あなた、手がまだ真白でしょ」

「すみません」

「洗ってらっしゃい」

と言っておいて、康代は電話へと急いだ。

「――はい、八木原でございますが」

康代の顔色が一瞬変った。「――まあ、下山さん？」

「すまん。君が出てくれて良かった」

下山の声は少し震えていた。

「どうしたの？」

「いや……。いけないとは思ってたんだが、どうしても我慢できなくて」

「そんな……。そんなことを言うために？」

康代は、無性に苛々していた。

康代の方だって、どれくらい、電話をかけたいと思ったか知れない。それを、何とかこらえて来たのだ。――それなのに。

「会いたいんだ」

下山の言い方は、特殊な意味合いを秘めていた。

ただ会うのではなく、浮気の誘いだ。それは康代にもよく分った。

「今夜は忙しいの」

「何とか出られないのかい?」

「今夜はだめよ」

「そうか……」

ひどく落胆している様子の下山の声に、康代は、そのまま切ってしまうのをためらった。

急いで周囲を見回すと、送話口を手で包むようにして、

「今日は、人が大勢いるの。——何か急なことでも?」

「ちょっと東京にいられなくなりそうなんだよ」

と、下山は言った。

「どうしてまた——」

「だから、君にもう一度会っておきたかったんだ」

「どうしたの、一体?」

「例のセールスさ、現品を渡して、ドロンされちまったんだ。しかも二軒も。計画的なんだよ」

「まあ、大変ね」

「こっちは正社員じゃなし。損害をどうしてくれる、と責め立てられてね」

「ひどいじゃないの、そんな……」

「だから、夜逃げしなきゃならないかもしれん」

「あなたが悪いわけじゃないのに」

「そんな理屈は通じないよ」

と、下山が苦々しげに言った。「百万近くの金を払うなんて、とても今の俺にはできない」

「百万……」

と、康代は呟いた。

「出られないなら仕方ないな。でも、こうやって話だけでもできて良かったよ」

下山は気を取り直したように、「じゃ、元気で。その内にまた会うこともあるかもしれんね。もっともこっちはもうヨボヨボかもしれないが」

と言って笑った。

「下山さん。――今、どこにいるの？」

「ホテルだ」

「ホテル……」

「そう。君なんかは、目を向けたこともない安いホテルだよ。一人で寝てるにゃ充分だからね」

康代は、台所の方へ目をやった。――すぐに戻れば、たいして怪しまれずに済むかもしれない。

「ホテルはどこ？　今から行くわ」

「来られるの？　しかし、そっちは――」

「大体終ったの。大丈夫よ」

「じゃ、そこから車なら十五分ぐらいだと思うよ」

「分ったわ。すぐ行くから、場所を教えて」

と康代は言った。

電話を切ってしまってから、康代は迷った。行けば取り返しのつかないことになるかもしれない。

しかし、下山を放っておくわけにはいかなかった。

康代が二階へ上りかけると、手を洗い終えた千津が戻って来た。

「じゃ、私、食堂の方の仕度をします」

そうだった！　その指示をしなければならないのだ。

房子は、そういう点、およそあてにならない。全くその手の才覚の働かない人なの

である。康代は、とっさに決心しなくてはならなかった。――千津の肩に手を置いて、

「ちょっとお願いがあるの」

と声を低くした。

「はあ」

「私、ちょっと急な用で出かけなくちゃならないの」

「あら。じゃ、私一人でやるんですか？」

と、千津がちょっと心細い顔になった。

「あなたなら大丈夫。お願い。誰にも私が出かけたことは言わないで」

康代は千津の顔を、じっと覗き込むようにして、言った。

千津がゴクリと唾を飲み込んで、肯いた。

「ありがとう！　夕食の始まるまでには必ず戻るから」

「分りました」

康代が二階へ上ろうとすると、千津は、

「仕度して出られると目につきますよ」

と、言った。

康代が足を止めて振り返る。

「そうね。でも、この格好じゃ出られないし」

「洗面所にいらして下さい。私、何かスーツとコートを取って来ます」

「ありがとう！　いえ、スーツじゃおかしいでしょ。コートだけはおって行くわ」

「その方がよろしいですね」

千津が階段を駆け上る。康代が、

「それから黒いバッグを持って来て！」

と声をかけた。

康代の心臓は激しく打ち続けていた。——今、自分は何をしようとしているのか。しかも、家族みんなが揃っている日に、だ。

洗面所へ入ると、鏡に向って、康代は立ってみた。——そこに立っているのは、まるで別の人間のようだ。

いついたずらを見つかるかとおどおどしている子供そっくりの、中年女……。

びっくりするほど、早く、千津は戻って来た。コートにバッグをくるんで持っている。

「見られなかった？」

と、康代は訊いた。

「圭子様に、『そのコートどうするの？』って訊かれたので、『クリーニングに出します』って答えておきました」

「ありがとう」

「待って下さいね」

千津は廊下へ顔を出すと、左右を見回して、

「今なら誰もいません。裏口から出た方がいいと思いますけど」

「そうね」

「でも、房子様がさっきあっちの方へ行かれましたね。――じゃ、玄関から出て、わきを回って勝手口からお出になるのが一番安全ですわ」

「そうするわ」

康代は、いつの間にか、千津の言うことを聞いていれば安全だと思っていた。

実際、玄関を出て、建物のわきをぐるっと回り、勝手口まで、誰にも見られずに来た。

房子が、誰やらを相手に、しゃべっている声が聞こえる。

「千津さんの言う通りにしておいて良かったわ」

と、康代は呟いて、勝手口を出た。

外に出ると、康代は急に、何かに押し流されるように、足を早めた。

空間が広がったことで、体が解き放たれたような気がした。もう、ためらう気持はどこかへ飛んでなくなっていた。

康代はタクシーを停めると、ホテルの場所を告げて、乗り込んだ。

「うちのやつを見なかったか?」

八木原秀が、千津へ声をかけて来た。

「奥様ですか? 存じません」

と千津は銀のスプーンを磨きながら、言った。「仕度で忙しいですから」

「そうか。——まあいい」

秀は、ぶらぶらと食堂の中へ入って来た。

食堂は、広くて、ガランとしている。もちろん、まだ夕食のセッティングには早いが、食器は磨いておかなくてはならない。

「精が出るね」

と秀は言った。

「お仕事ですもの」

千津は、食器のくもりをせっせと拭き取りながら言った。

「康代の奴も少し手伝えばいいのに。全く、困ったもんだ」

「あら、そんなこと。——康代様に教えていただかなかったら、どうしていいか分りませんわ」

秀は、千津の、ふっくらと肉づきのいい体つきを眺めていた。

「――君はよく働く。お袋も感心してたよ」

「ありがとうございます」

「でも、少しは息抜きもした方がいいんじゃないのか？」

「この週末が済んだら、一日、お休みをいただくことになっています」

「そうか。――もっとゆっくりしていればいいのに。僕からお袋に言ってやろうか？」

「いいえ。あんまりお休みすると、却って後が大変なんです」

「そんなもんかね」

「ええ。他の人があれこれ片付けてしまうでしょ。そうすると、それを捜すだけでも大変ですよ」

「なるほど」

「あっ、いけない」

スプーンが一つ、指の間から滑って、床に落ちた。もちろん、深い絨毯の上である。傷はつかない。

「いやだわ、不器用なんだから」

千津が、立ったまま、体を曲げて、スプーンを拾った。――スカートの後ろが持ち上って、白い太ももが目に入ると、秀はギョッとした。

あれは誘いかな？　わざとらしくも見えたが。それとも、たまたまだろうか？

秀は、ドアの方へちょっと目をやった。

「あーあ、別にしておかないと……」

と、千津が拾ったスプーンをテーブルの上に置くので、体をひねった。

秀は、近付いて、千津の腰に手をかけた。

千津はびっくりしたように秀を見た。

「何ですか？」

いいぞ、これはＯＫだ。

「いや……可愛いね、君は」

口の中が乾いている。喉に何かがつかえているようだった。

「私は労働専門です」

と言って、千津は笑った。

「そんなことはないよ」

腰に回す手に力を入れて、抱き寄せようとすると、千津はぐいと押し戻した。

「だめですよ」

秀は戸惑った。——押し戻す力は、肯定と否定の、微妙な境界上にあるようだった。

言葉の調子や、表情は、怒っていない。といって——媚態を示しているわけでもないのだ。

どう判断したものか、秀は迷った。しかし、ここで引っ込んでしまえば、あとがむずかしくなる。

何も知らない小娘だ。強引に押して行けば——。

「そう言うなよ。僕だってそう悪くないいんだぜ」

秀は、千津を抱いて強引に唇を押しつけた。——千津が身悶えして、すり抜ける。

「やめて下さい！」

「そう言うなよ、俺は最初から——」

秀が進み出ると、千津は後ずさりして、足をテーブルの足に引っかけたのか、仰向けに転んだ。

秀がすかさず上にのしかかる。

「静かにしろよ！　何も今ここで、ってわけじゃない。今夜、君の部屋へ——」

「どいて！　人を呼びますよ！」

「珍しいこっちゃないさ。こんなことで誰も——」

秀は、不意に誰かが後ろに立った気配を感じた。ハッと振り向く。

息子の秀一郎が立って、冷ややかな目で父親を見ていた。

「——お前か」

秀は起き上った。「子供が口を出すことじゃない。分ったか」

秀一郎は答えなかった。

秀は、大股に食堂を出て行く。——千津は床に座り込んで息をついていた。

「大丈夫？」

秀一郎が訊いた。

「ええ。——こんなことでびっくりしちゃいられません」

千津は立ち上ると、スカートのしわを伸ばした。「手を洗って来なきゃ」

「お袋に言うかい？」

「いいえ」

と、千津は首を振った。「奥様が悲しまれますわ」

「そうだな」

秀一郎は、ちょっと唇の端を歪めた。微笑んだつもりらしい。

千津が台所の方へ行ってしまうと、秀一郎は軽く口笛を吹きながら、食堂を出た。

2

千津が台所に入って行くと、房子が、椅子に座って、眠りこけていた。

口を少し開き加減にして、グオーッといういびきをかいている。千津はちょっと笑ってから、首を振った。

蛇口をひねって水を出し、手を洗う。

そのはねる音で、房子が目を覚ましたらしい。

「あら。――いやだ、寝ちゃったんだわ」

「すみません、起しちゃって」

「いいのよ。寝てなんかいられないじゃないの」

と、房子は立ち上って大欠伸をした。「いやだ、首が痛いわ。変な格好して寝てたせいね」

「お部屋でお休みになっていて下さい」

「いいえ、大丈夫。忙しいのに、私一人、のんびりしてるわけにいかないわ」

どうせ大して役に立たないのだが、房子当人はそう思っていない。

「――康代さんは？」

と、房子が訊いた。

「さあ。――どこかにいらっしゃると思いますけど」

「あの人も若くないものね。私より一つ上なのよ、知ってた？」

「いいえ」

「あんまり無理のきかない年齢ね。そう。あなたみたいに若いと羨しいわ」

千津が食堂へ戻って行くと、房子もノコノコついて来た。

千津が食器磨きをまた始めると、房子も何かしないと悪いと思ったのか、そばにあった燭台を磨こうとして、落っことした。

「あら。手が滑っちゃった」

「私、やりますから」

と、千津が笑顔で言った。

「そうね。その方が良さそうだわ」

房子は、テーブルにもたれて、千津が食器を手早く磨くのを眺めていた。

「――ねえ、千津さん」

「はい」

「あなた、色々やりたいことがあるでしょう?」

「それはまあ……」

「お金があれば、ずいぶん楽しいこともできるわね」

「そうですね。でも、大体が安上りにできてるんです」

「あって悪いってもんでもないわよね」

「何がですか?」

「お金よ」

「そうですね。すぐ使わなくても、安心ですものね」

「少しあげましょうか」

千津は、ちょっとキョトンとした顔で、房子を見た。

「結構です。お給料をいただいていますから――」

「その一年分くらいはあげてもいいのよ」

「まあ、気前のいいお話ですね」

と、千津は笑った。

「ちょっとしたことをやってもらえれば、それでいいの」

「何ですか、ちょっとしたことって」

房子は、千津の顔を眺めて、

「どう?　やる?」

と訊いた。

千津は、フフ、と笑って、

「お断りしといた方が良さそうですね」

と言った。

「別にむずかしいことじゃないのよ」

「じゃ、ご自分でおやりになったらいかがですか?」

と、千津が言った。

房子は、初めてこの娘に、ムッとするものを覚えた。

「――できりゃ頼まないわよ」

「おっしゃって下さらないと分りません」

それはそうだ。房子はちょっとためらったが、思い切って口を開いた。

「あなた、お母さんをお風呂へ入れるでしょ?」

「はい。お手伝いさせていただいておりますわ」

「そのとき、脱いだ服を入口の所へ置くわね」

「ええ」

「腕輪は?」

「腕輪?」

と、訊き返して、「ああ、あの、チリンチリン鳴るやつですね」

「そう、それよ」

「あれは確か……。棚の上にのせてお入りになります」

「それをちょっと持って来てほしいの」

「無理ですよ。お出になったら、またつけられるんですもの」

「ほんの五、六分でいいのよ。お母さん、長風呂でしょ」

「四十分ぐらいかかります」

「ね？　だから、その間、五、六分貸してくれればいいの」

「とてもだめです」

と、千津は首を振った。「だって、私がお入れしてるんですよ」

「だからさ、ちょっと何か忘れたとかいって……。一瞬、外へ出れば済むことじゃないの、ね？」

「あれをどうするんですか？」

「そこまでは訊かないで。黙ってやってくれるのも料金の内よ」

千津は、黙って食器を磨き続けた。

房子は、苛々しながら、千津を見ていた。何だかこの娘に、馬鹿にされているような気がする。

たっぷり皿三枚分は黙っていたが、千津はヒョイと房子を見て、

「考えてみます」

と言った。

「そう」

房子はホッと胸を撫でおろした。

こうなれば、ほぼ承知したも同じだ。あとは金額を上げてやって、だめ押しする。

「いつ、返事してくれる？」

「お夕食の後で、片付けのときにいかがですか？」

「いいわ。じゃ、楽しみにしてるわよ」

房子が出て行くと、千津はホッと息をついた。

ちょっと頭を振って、皿を磨き続ける。

皿を二枚磨いたところで、ドアが開いて、今度は圭子が入って来た。

「あら、千津さん、一人なの？」

「はい」

「康代さん、どこに行ったのかしら？」

「さあ、色々仕度でお忙しいんだと思いますけど。何かご用でしたら私――」

「いいえ、いいのよ」

と、圭子は言って、ぶらぶらと歩いて来た。「今夜は賑やかね」

「そうですね。楽しそうで結構ですわ」

「ねえ、千津さんって、いつ食事してるの？」

圭子が、ふと気が付いたという様子で、言った。

「ちゃんと食べてますよ。お台所で」

「一緒に食べればいいのに」

「落ち着きませんもの」

「そうか。出してくれる人がいなくなっちゃうものね」

と言って、圭子は笑った。

どうやら、取ってつけたような笑いで、他に話があるのに切り出せないという様子である。

「一人でやってるんじゃ大変ね……」

などと言いながら、奥の台所を覗いている。誰もいないのを確かめたのだろう。

千津は黙々とナイフを磨いていた。

「――ねえ、千津さん」

と、圭子はためらいがちに切り出した。

「はい」

「あなたにお願いがあるんだけど……」

「何でしょう?」

「あなたの仕事の範囲じゃないのよ。だから断わってくれてもいいんだけど」

「私でできることなら……」

「今夜、一晩、あなたの部屋を貸してくれない?」

千津が目を丸くした。

「部屋を、ですか？」

「ええ」

「でも、ご自分の部屋の方が、ずっと広いじゃありませんか」

「あなたの部屋が一番目につかないところにあるからなの」

「——分りました」

と千津は肯いて、「あんまり知られたくないことにお使いになるんですね」

と言った。

「そんなところね」

と圭子は微笑んだ。「構わない？」

「ええ、私は台所の椅子ででも、寝られますから」

「ありがとう。恩に着るわ！」

圭子は千津の肩を軽く抱いて言った。

「危いですよ、ナイフ持ってますから」

と、千津は言った。

「ああ、そうね」

圭子は笑って、「じゃ、お願いね」

と歩き出した。

「圭子様」

「――え？」

「何時ごろからお使いになります？」

「そうね。――十一時過ぎだと思うわ」

「分りました。じゃ、それまでに空けておきます」

「よろしく。それから――絶対に内緒にね。お願いよ」

「はい」

と、千津は肯いた。

ドアが閉る。――千津は肩で息をついて、ちょっと眉を上げると、

「もう誰も来ないかしら」

と呟いた。


「遺言状ですか」

と佐伯は言った。

「そう。そろそろ私も用意しておいた方がいいだろうと思うの」

と、亮子は言った。

「そうですね。お宅の場合は資産が色々ですから。――これが預金だけとか、株だけというのなら簡単ですが、土地、この屋敷、動産不動産が、別荘も合わせるとずいぶんありますからね」

「そうなの。――といっても、みんな私の子供たちですからね。大体同じように分けようとは思っているのよ」

「秀さん、房子さん、圭子さんですね」

「ええ。ただ、圭子は若いし、まだ独りだし大金を持つとどうなるかな、と気になってるんだけど」

「お若いといっても――」

「もう三十五ですものね。いい加減に落ち着いてくれるとありがたいけど」

「まあ大丈夫でしょう。彼女はとてもしっかり者ですよ」

「そう言ってもらうと嬉しいわ」

と亮子は微笑んだ。

「むしろ、その場合、心配なのは、房子さんの所ですね」

と、佐伯は言った。

「房子が何か？」

と、亮子は椅子から佐伯を見上げた。

「いえ、房子さんご自身ではなくて、ご主人の方です」

「辻間さん――だったわね確か」

と、亮子は言って、呟くように、「どうもあの人の名前は憶えにくくて」

「辻間さんは破産同然の状態なんですよ」

「破産？」

「事業に失敗して――といいますか、僕の見たところでは、あの人はもともと商売の才覚のない人だと思います」

「じゃ……お金がないわけね」

「マイナスです。つまり、借金をかかえて、にっちもさっちもいかない、というところでしょう」

「まあ気の毒に」

と、亮子は首を振った。「どうして、うちへ借りに来ないのかしら？」

「さすがに恥ずかしいんじゃないでしょうかね」

「そうかしら」

と、亮子は微笑んで、「男の人は、本当に妙なところにプライドをお持ちね。女なら、まず食べて行くことしか考えないでしょうけれども……」

「同感ですね。特に、辻間さんのようなタイプは、プライドだけがやたらに高い、という人が多いんです」

「房子を見てると、そんなに困ってるようには見えないけどね」

「房子さんは、そういう点では子供のようなところがありますからね」

「ような、じゃなくて、まるきり子供よ、あの子は」

と、亮子は苦笑した。「お金の感覚がないのね。——私も悪かったわ。ずっと大きくなるまで触らせようともしなかったから……」

「ともかく、辻間さんのような人は、少し、可哀そうなようでも、苦しい目にあった方がいいですよ」

「そうね。あなたは本当にいいことを言ってくれるわ」

亮子は肯いて、「でも、房子も同じわが子ですものね。差をつけたくはないの。

——じゃ、内容はともかく知らせないことにして、三人に、等分に分けるにはどうしたらいいか、あなたの考えを聞かせてちょうだい」

「分りました」

と、佐伯は肯いた。「じゃ、色々と条件を勘案してみて、案を作ってみましょう。

——三人の方に、公平に、ということですね」

「ええ」

亮子は、ちょっと誇らしげに顔を上げた。「みんないい子たちですからね」

「全くです」

と、佐伯は言った。

「今夜はあなたも夕食を一緒にしていらしてね」

「しかし、せっかくご家族の会食なのに——」

と佐伯がためらう。

「いいのよ。あなただって私にとっては家族も同様なんだから」

「嬉しいお言葉です」

「どう？　ご家族の方は元気？」

「ええ、元気にしています」

——佐伯は三十八歳だが、見たところ、三十二、三といって充分に通用する。若く、体つきもまだまだスマートなのである。そして、いつも折目正しく、三つ揃いのスーツでピシッと決めている。

「じゃ、その件はよろしくお願いね」

と、亮子は言った。

「はい。お任せ下さい」

佐伯は、ちょっと腕時計を見て、「ちょっと事務所へ電話を入れます。——では、お言葉に甘えて、後ほど、夕食の席でご一緒させていただきます」

「ええ。ご苦労さま。——ああ、もし千津さんに会ったらここへ来るように言ってちょうだい」

「分りました」

とドアを開けて、「やあ、ちょうどやって来ましたよ」

「まあ、面白い。——本当にあの子は私の気持をよく分ってるのよ」

「奥様」

と、千津が入って来る。「テーブルのセットを始めてよろしいでしょうか？」

「ええ。構いませんよ。その前に悪いけど——」

「温かいココアですか」

亮子は笑って、

「あなたは、昔ならきっと魔女だと言われて、火あぶりになったわよ」

と言った。

——佐伯は居間の中へ入って、電話の方へと歩いて行った。

突然、ソファから誰かが立ち上って、佐伯はびっくりした。

「君か！　驚いたよ。ソファの背に隠れて見えなかった」

「今夜は、いられるんでしょ？」

と、圭子は言った。

「ああ。一緒に夕食を食べて行けと君のお母さんに言われた」

「その後も」

「その後？」

圭子は、ソファから立って、佐伯の方へやって来た。

「あなたはワインを飲みすぎて、気分が悪くなるの。それで今夜は、ここに泊って行くことにする」

「――僕が？」

「そうよ。今までだって、そんなこと、あったじゃないの」

「うん。確かにね。しかし――それでどうするんだい？」

「旅行がふいになったんだから、いいじゃないの」

「それは危い」

と、佐伯は首を振った。「今日は辻間夫婦まで泊っている。見られたらどうするんだ」

「大丈夫。他の部屋で会うようにすれば」

「他の？」

「千津さんに、部屋を貸してくれって頼んどいたわ」

「あの子にか。しゃべられたら、どうするんだ？」

「大丈夫よ、千津さんなら。あとで少しお小遣いをあげておくわ」

圭子は、佐伯の首に腕をかけた。「──だめだなんて言わないでね!」

「分ったよ」

佐伯は苦笑した。「あの子の部屋ってどこなんだ?」

「食堂の前の廊下の突き当りにあるの。母の寝室から離れてるし、みんなは二階で寝てるから、大丈夫よ」

「よし。何時に行けばいい?」

「十二時に。ベッドの中で待ってるわ」

と圭子は言った。

「OK。必ず行くよ」

「お兄さんにつかまって本当に深酔いしないでよ」

と、圭子は言って、素早く佐伯にキスすると、居間を出て行った……。

圭子が階段を上りかけると、玄関のドアが開く音がした。

振り向くと、康代が走るようにやって来る。圭子に気付くと、ハッと足を止めた。

「お出かけだったの?」

と圭子が訊いても、

「ええ」

と、聞こえないくらいの声で答えただけで、そのまま、コートの前を固く合わせて、階段を駆け上って行ってしまう。

「——どうしたのかしら」

と、圭子は呟いた。

3

康代は、寝室へ入ると、ドアを閉め、激しく息をついた。

幸い、夫の姿はない。康代は、急いで窓の方へ走って行って、カーテンを閉めた。

ドアのロックをして、やっと、安堵の息をつく。コートが、足下に落ちた。

康代は、姿見の中の、スリップ姿の自分を眺めた。——これが私だろうか？　本当に？

スリップの上にコートをはおって、逃げるように帰って来た。——着て行った服は、下山の手で、引き裂かれてしまったのだ。

あんな——あんなことになろうとは。

もちろん、ホテルへ行ったからには、康代とて、ある覚悟はしていた。しかし、部屋へ入ったら、下山が狂ったように彼女を押し倒したときは、恐怖のあまり声も出なかった……。

「あんな風に——」

と康代はポツリと呟いた。

しかし、結局、康代は下山に抱かれ、最後には、恐怖も忘れて、満たされたのだ。

そして、総てが終った後、康代は急に激しい罪悪感に襲われたのだった……。

康代は、寝室についているシャワールームへ入って、裸になると、熱いシャワーを浴びた。

もう、夕食の仕度にかかる時間が近づいている。——出ていたことは、夫に知られなかったろうか？

今、そこで圭子に会ったが、圭子は人のことをあまり気にする性質ではない。

あとは千津に任せてある。あの子なら大丈夫だろう。

康代は、バスタオルで体を拭くと、新しい下着を出して身につけた。脱いだ下着は、くずかごの中へと丸めて押し込んだ。

「二百万、なんとか都合してくれないか」

下山はそう言った。

康代は、急いで服を着て、鏡の前に立った……。大丈夫。別におかしなところはない。

康代はそれから髪をもう一度直して、寝室を出た。——階下へ降りて行くと、食堂の方で、カチャカチャと音がしている。

どうやらセットを始めているらしい。康代は足を早めた。

「ごめんなさい、やらせちゃって」

「あ、戻られたんですか」

と、千津はホッとしたように言った。「良かったあ。どう並べたらいいのか分んなくて、いい加減にやったんですもの」

「ここは私がやるわ。あなたはもうオーブンに火を入れてちょうだい」

「はい。——佐伯さんもご一緒だそうですけど」

「大丈夫。そう思って、人数に入ってるわ」

「さすがですね！」

千津はVサインを作って見せ、台所へ入って行った。康代は、つい笑ってしまった。

「あの子は……」

本当に明るい、屈託のない子だ。

康代は、心が軽くなった思いで、食器のセットを続けた。——千津は、

「いい加減にやった」

と言ったが、間違いなく、セットされている。

一度教えたことは忘れないのだ。

「大したもんだわ」

と、康代は呟いた……。

「二百万、何とか都合してくれないか」

と、下山は言った。

「無理よ。私は大金なんか自由にならない」

「それだけあれば、東京から逃げ出さなくてすむんだ」

「そんなこと言ったって……」

「また会いたいだろう？　こうして――」

下山の体が、のしかかって来る。その重味と、汗くさい匂い……。

「それだけ何とかしてくれりゃ、またこうやって、いつでも会えるんだぜ」

と下山は囁いた。

征服された女の弱さをついて来る。

「とてもできない……」

康代の言葉は弱々しくなって、下山の腕の中で、消えて行った……。

康代は頭を振った。

もういい。今日みたいなことは、一度だけで沢山だ。

しかし、また下山から電話があったら、黙ってそれを切ることができるだろうか？

康代には、自信がなかった。

「――すみません」

――顔を上げると、千津が、ちょっと困った様子で立っている。

「どうしたの？　どこかしくじった？」

そんなことがあるわけはないと思ったが、そう訊いてみた。

「いいえ。ちょっとご相談があるんですけど――」

「そう。話してごらんなさい」

「ちょっと、こっちへ……」

千津は台所の方へ、康代を手招きした。

「なあに、どうしたの？」

康代は、笑顔で言った。――千津がそんな素振りをするのを見ていると、何となくおかしい。

「実は、房子様のことなんです」

「房子さん？」

「今日、ここでお仕事していると、何だか、『お金は欲しくないか』とかおっしゃって……」

千津が、房子の話をくり返すと、康代の顔から、笑みが消えた。

「お母様の腕輪を？」

「ええ。五、六分、貸してくれ、とおっしゃって。――どうなさるのか知りませんけれど」

康代には分った。あそこに金庫の鍵がつけてあることを知っていたからである。

「それで？」

「私、困っちゃって。――何だか、あんまりいいことじゃないような気もするし。だって、そうでなきゃ、そんなにお金を払ったりしないでしょ？」

「それはそうね」

「でも、房子様だって、こちらのお嬢様ですし、私、どうご返事していいのか……」

と、千津は顔を伏せた。

「で、どう言ったの？」

「分らなくなっちゃって、ともかく食事の後で返事をしますと申し上げたんです」

「そう……」

康代は、肯いた。

金庫には、現金はない。あるのは、宝石類。――おそらく、大変な額の……。

辻間がきっと房子をそそのかしたのだろう。もともと、辻間には、山師的なところがある。

「康代様しか、ご相談できる方がいなくて、ご主人では、実のご兄妹でしょう。悪口を言うようで――」

「いいのよ。あなたの考えは正しいわ。あなたとしては困るでしょう。引き受けても断わっても、この家に居にくくなるでしょうからね」

「そうなんです」

と、千津は肯いた。「私、ここにずっと置いていただきたいんですもの」

「分ったわ」

康代は、千津の肩に手をかけた。「私に任せて。――今夜は、私がお母様をお風呂へ入れることにしましょう」

「そうですか！」

「あなたは後の片づけが忙しいから、ということにして、房子さんとは口をきかないようにしていらっしゃい。そうすれば、あっちも諦めるでしょ。――もし何か言われたら、私が房子さんに話してあげる」

「ありがとうございます！」

と、千津は頭を下げて、「これでホッとしました。秘密を胸にしまっとくって、辛いもんですね」

「本当ね」

と、康代は笑った。「さあ、仕度にかかりましょう」

「はい」

――秘密を胸に。本当だわ。

康代は思った。私の抱いている秘密は、もっともっと、重くて苦い……。

二百万、都合してくれたら。――またこんな風に会えるんだ。

康代は、熱したオーブンの扉を、そっと開けた。


「すてきな食事だったわ」

と、亮子が言った。「千津さんは、本当に器用ね」

「いいえ」

と千津は、亮子の前に、ココアのカップを置いた。「ただ、康代様に言われた通りにしただけです」

「ああ、私にはコーヒーをね」

と、房子が声をかける。

「はい、すぐに」

千津が居間を出て行く。

「——よく働くわね」

と圭子がタバコをくゆらしながら、言った。

「あの若さで、偉いものね。少しあなたも——」

「やめて」

と、圭子は、母親の言葉を遮った。「もう手遅れよ」

笑いが起きた。

秀だけは笑わなかった。——あの娘っ子、もう少しのところだったのに！

あのとき、秀一郎の奴さえ来なければ、きっと……。

そうとも。逆らってはいたが、何が何でもいや、という様子ではなかった。それならもっと暴れるはずだ。結構、力ずくで、征服されたがっているのかもしれないな。

また機会を見て、必ずものにしてやる。

あそこまで行って、諦めるんじゃたまらないからな！

秀は、コーヒーを運んで来た千津の、腰の辺りをじっと目で追っていた……。

「お待たせしました」

千津が、辻間夫婦の前のテーブルにコーヒーのカップを置く。

「ありがとう」

房子は千津の顔をじっと見て、「——どう？」

と、小声で訊いた。

千津は、黙ってニッコリと微笑むと、今度は秀一郎の方へ、

「ココアでも作りましょうか？」

と訊いた。

「コーヒーでいいよ」

「体に良くないわよ」

亮子が言った。「ココアにしておきなさい」

「うるさいんだから」

と、秀一郎は苦笑いして、長い足を持て余すように、組んだ。「じゃ、ココアでいいや」

「はい、ただいま」

千津がまた出て行く。

辻間は、房子の方へ、

「どうなんだ？」

と、低い声で訊いた。

「ニッコリ笑ったわ」

「つまり――」

「OKってことよ」

　と、房子は言ったが、やや頼りなげであった。

「本当か？」

「と、思うけど……」

「おい、頼りないな」

「仕方ないでしょ。まさか大きな声で、お母さんの腕輪の件は、って訊くわけにもいかないし」

「そりゃァそうだけど」

「ともかく寝室へ行ってみるのよ。――きっと大丈夫。だめならだめで、そのときは引き上げればいいわ」

　房子は、相変らず呑気（のんき）である。

　千津がココアを運んで来ると、一旦、亮子の所へ行き、

「佐伯様が、ちょっとワインを飲みすぎて気分が悪いので、泊めていただけないか、とおっしゃってます」

　と言った。

　亮子はそっと、

「それで姿が見えなかったのね？　弱いかたね、あの人は案外。もちろん構いませんよ。前にも泊めたことがあるから、自分で部屋は分るでしょ」

「はい、そう伝えます」

千津は、ココアを秀一郎へ運んで行った。

圭子が、フラリと居間を出て行く。

千津は、秀一郎にココアを渡して、

「ちょっとお願いがあるんです」

と言った。

「僕に？」

「ええ。私の部屋の電球が切れちゃって。私、届かないし、電気って怖いんです」

「じゃ、僕が替えてあげるよ」

「今、買いおきがないんで、明日買って来ます。そしたらつけて下さい」

「うん、いいよ。――でも、夜、真暗じゃ困らないの」

「廊下のドアを少し開けて寝ますから」

と、千津は言った。

千津が秀を見た。秀は、もちろん千津の話を聞いていた。

千津が、ほんの一、二秒、秀を見て、それから居間を出て行こうとした。

「千津さん」

と亮子が呼んだ。「もう私も休むわ」

「かしこまりました」

千津が駆け寄る。「――お風呂はどうなさいます？」

「入らなくちゃ！　疲れが取れませんよ」

「そうですね」

「じゃ、おやすみ」

おやすみなさい、と、居間に集まった者たちが口々に言った。

亮子が、千津に手を預けて、居間を出て行くと、辻間と房子が目を見交わして立ち上った。

「私たちも休ませてもらうわ」

と房子が秀に声をかけた。

居間が、急に静かになった。――秀は、さっきの千津の視線の意味を、考えていた。

電球が切れて真暗。そして廊下のドアが開いている。

あの、こっちを一瞬見つめた目。――あれは間違いなく、誘っている目だった。

今夜、部屋へ来い、というのだ。

よし。俺の勘違いじゃなかったぞ！

秀が出て行くと、居間には、秀一郎一人が残って、のんびりとココアをすすっていた……。

4

「どうだ?」

と、辻間が言った。

「しっ!」

房子は、母親の寝室のドアにピッタリと耳を寄せた。

辻間の方は、何しろ廊下である。誰か来るんじゃないか、とハラハラしながら、キョロキョロと左右を見回していた。

「大丈夫。水の音がしてるわ」

と、房子は肯いた。「入りましょう」

「う、うん……」

辻間は、自分が言い出したくせに、房子の後から、こわごわついて行く。

寝室の右手の奥に、バスルームのドアがあり、そこから確かに、水音がしていた。

「ど、どうする?」

「待ってましょうよ。きっとあの子が出て来るわ」

「来なかったら？」

「そのときは帰るより仕方ないでしょ」

と、房子は言った。

のんびりしているのは、やはり房子の性格というものである。総てにわたって、危機感というものを持ち合わせていないのだ。

房子が車を運転しないのは幸いだった。もし運転していたら、十メートルと進まない内に二、三回はぶつかっていただろう。

ただし、そんなときでも、自分だけは、かすり傷一つなしにケロリとしているのが、房子という人間なのである。

二人は、そっと、バスルームのドアへ近付いた。

お湯の流れる音。シャワーの音。

「おい」

と、辻間が房子をつついた。「来ないじゃないか」

「そんなこと私に言ったたって――」

と房子が言い返そうとしたとき、バスルームのドアが開いて来た。

二人は一瞬、息を呑んだ。

現われたのは、康代だった。――房子は目を丸くした。

予定外だ。

しかし、康代の方は、まるでびっくりした様子のないのが、妙だった。

ドアを閉めると、康代は、バスタオルを手にして、

「話は千津さんから聞きました」

と、低い声で言った。

「しゃべったのか！」

と辻間が舌打ちした。「だから俺は、大丈夫かと――」

「静かに」

と康代がたしなめた。「お母様に、気付かれますよ」

「康代さん、あなた……」

と、房子が戸惑ったように言った。

康代は、手にした、たたんだバスタオルを、ゆっくりと開いて見せた。――腕輪が入っていた。

辻間が、目を輝かせて、手をのばすと、康代は素早くそれを引っ込めて、

「条件があります」

と言った。

「条件って？」

と、房子が訊いた。

「どうせ宝石をお金に代えるんでしょう」

「まあね」

「私が二百万、いただきます」

「二百……。どこからそんな数字が？」

と、辻間が言った。「たったそんなものでいいのか？」

「いくらになるのか、私は知りません」

と、康代は言った。「でも、ともかく、私は二百万円、欲しいんです」

「分った」

と、辻間は肯いた。「約束するよ」

「――いいですわ」

康代が、腕輪を手に持った。「金庫を開けましょう」

圭子は、廊下を進んで来ると、千津の部屋のドアをそっと叩いた。

「はい」

と声がして、ドアが開く。「あ、圭子様。もう十一時ですね。ごめんなさい」

「いいのよ。そんなに急がないで」

「中へ入って下さい」

と、千津は言った。

圭子は、ネグリジェの上に、ガウンをはおっている。千津の方は、漫画入りのパジャマを着ていた。

部屋は明りが点いていた。

「――熱いジュースを飲んでたんです」

と、千津は言った。「一杯いかが？」

「まあ、おいしそうね」

圭子は、ベッドに腰をおろした。「いただこうかしら」

「粉末ですよ」

「いいわよ」

「およそ、高級な味じゃないけど――」

と、千津は、プラスチックのカップに粉末のジュースを入れて、ポットのお湯を注いだ。

「でも、たまには、こういう味が恋しくなるんですね。高級なフランス料理ばかり食べてると、時々、タコ焼とかインスタントラーメンがほしくなる……」

「私だってそうよ」

　と圭子はカップを両手で持って、フーフーと吹いてさましながら、一口飲んだ。

「――おいしい」

「そうですか？　圭子様にそうおっしゃっていただくと嬉しいわ。何となく」

　千津は、はしゃいだ様子で言った。

「悪いわね、千津さん」

「いいえ！　いいんですよ。台所だって、そう寝心地は悪くないし」

「寝たことあるの？」

「ありませんけど」

　二人は一緒に吹き出してしまった。

「――本当に面白い人ね、千津さんって」

「もう十九ですからね。少しは色っぽくなってもいいんですけど、一向に」

「あら、健康美があるわ、千津さんには」

　と圭子が言った。

「それは色の黒い子への、唯一の賞め方だって、どこかで読みましたよ」

　と、千津は言った。「――さて、お邪魔になっちゃいけないから、もう行きます」

「ごめんなさいね。あとでお礼はするから」

「いいですよ」

と、千津は毛布をかかえて、「枕も持ってっていいですか?」

「ええ、もちろんよ」

「枕も邪魔かもしれませんね」

と、千津が冷やかすように言うと、

「いやね、何よ」

と圭子は笑いながらにらんだ。

「朝、部屋へ戻られます?」

「もちろん」

「じゃ、起こして下さい。誰かに見られると変でしょ」

「そうするわ」

「でも、圭子様より私の方が絶対に早起きですものね。ともかく台所で待ってますからね」

「はいはい」

「おやすみなさい」

と言って、千津は部屋を出て行った。

「おやすみ……」

圭子はそっとドアを閉めた。

カップのジュースを飲み干すと、ベッドに横になった。

もちろん、圭子のベッドに比べると、ぐっと小さいシングルだが、それも却って新鮮でいい。

体が、何となく熱い。――こんな風に忍び会っているからだろうか。

圭子は、ガウンを脱いで、ベッドの毛布の下へもぐり込んだ。――それから、もし、誰かが覗いたら、と思いつくと、急いで起き出して、明りを消した。

部屋が真暗になる。

圭子は、ベッドの中に横になって、暗闇に踊る、光の模様を眺めていた。

――まだ三十分くらいはあるかしら？

早く来てくれないかな。――本当に眠っちゃうからね。

横になって、少しすると、眠気がさして来た。

いやだわ。こんなときに……。

眠ってる場合じゃないでしょう。しっかり目を開けてなきゃ。

でも――どうしても、目を開けていられない。

それなら、ちょっとだけつぶって……。そう、ちょっとつぶるだけで、眠るわけじゃないんだから。

そう。つぶるだけなんだわ。

圭子は、深い眠りの中へ、引き込まれて行った。

――少しして、ドアがそっと開いた。

千津は、中へ入ると、細くドアを開けておいた。廊下の光が少し洩れて入るが、ベッドの辺りは、真暗である。

千津は、ベッドへ近寄って、圭子の寝息にしばらく耳を傾けていたが、やがて手を伸ばして、電球を探った。

探し当てると、ソケットから外れない程度まで緩める。

そして、千津は、部屋の奥の、ファンシーケースの方へ歩いて行った。静かにファスナーを下げ、中の洋服をわきへ押し広げて、中へ入り込む。そして、中から、ファスナーを三分の二ほどのところまで引っ張り上げた。

中腰の姿勢で、体が痛むのか、

「早くしてよ……」

と、千津は呟いた。

十五分ほどたったろうか。

廊下を、スリッパの音が近づく。千津は用意をした。

ドアの細い隙間(すきま)を、影がふさいだ。――ドアが少しずつ開く。

廊下の明りで、八木原秀の姿が見えた。

中を覗き込んで、

「おい」

と、声を出した。「俺だよ。――おい」

秀は、そっと中へ入ると、ドアを閉めた。カチリ、と音がして、完全に閉めると、ほとんど真暗になってしまう。

――秀は、寝息に耳を傾けた。

どうやらぐっすり眠っているらしい。明りを点けてびっくりさせてやろうか。

いや――電球が切れている、と言ってたっけな。

本当かな？

秀は、ドアのそばを手で探って、スイッチを見つけ、押してみた。――やはり切れているらしい。

まあいいや。どうせ暗い所でやるもんだからな。

秀は、寝息の聞こえる方向へと、手探りで進んで行った。そしてベッドに突き当る。

手をのばすと、丸みのある、毛布のふくらみに触れる。

秀は舌なめずりして、ベッドにそっと腰をおろした。ギギ、とベッドがきしんだ。

しかし、一向に起きる気配はない。

よく寝てるらしいな。

秀はためらった。無理に起すか。それとも……。

眠っているところを、やっちまうのも面白いかもしれない。そうだ。途中で目を覚ましたって、どうしようもあるまい。

そっと毛布をはいで行く。――柔らかい布地が手に触れた。

ネグリジェか。意外だな、と秀は思った。

いや、わざわざ俺のために、着たのかもしれないぞ。

ネグリジェをたくし上げて行くと、温かい肌に、じかに手が触れた。――秀は、ゾクゾクするものを感じた。

ここまで来たら……。そうだとも。もう引き返せない。

秀は、ガウンを脱ぎ、パジャマも脱ぎ捨て、裸になって、ベッドの上に上り込んだ。

その手が肌をまさぐると、わずかに身動きしたが、そのまま、眠り続けている。

意外にほっそりしているんだな、と秀は思った。もっと小太りな感じかと思っていたのだが……。

しかし、構うもんか。康代の奴なんかに比べれば――。

秀は、一気にのめり込んで行った。

——ファンシーケースの中で、赤い小さな光が、ポッ、ポッと点いては消えていることなど、秀には、気付く余裕もなかった。

激しく息をついて、秀は起き上った。

おかしい。——どうも変だった。

大体、犯されて、まだ眠っているというのも妙なものだが、それよりも、体つきが、千津のようではないのだ。

しかし、ここは間違いなく千津の部屋である。そこに他の女が寝ているなんてことがあるだろうか？

秀は手探りで、何とかパジャマを着ると、ガウンをつかんで、ドアの方へと進んで行った。

ドアをそっと開ける。——廊下の光が中へ射し入って来た。

秀は、廊下を見回して、人の姿がないのを確かめてからドアを大きく開いた。

ベッドの方にも、薄く光が届いている。

秀は、恐る恐る近付いて、白い肌を光らせている、女の顔を覗き込んだが……。次の瞬間、よろけるように後ずさって、そのまま、ペタンと座り込んでしまった。

「圭子！——圭子！」

と、言葉が口をついて出る。

青くなった秀は、這うようにして、千津の部屋から、逃げ出して行った。廊下を走る足音が階段を駆け上り、ドアがバタンと音をたてて閉った。

――千津は、ファンシーケースから出て来ると、腰を押えて、顔をしかめた。

電球をちゃんとはめ込んで、ドアを閉め、明りを点ける。

千津は、赤外線カメラをテーブルに置くと、裸で、何も知らずに眠っている圭子を見やって、ちょっと首を振った。

「――ごめんね。あんなに馬鹿だと思わなかったんだよ」

千津はそう呟くと、圭子の方へかがみ込んだ。それから、テーブルの上の、空になった、ジュースのカップを手に取った。

「効きすぎたのかしら……」

ヒョイと肩をすくめて、「済んじまったことは仕方ないわね」

千津は、圭子の方へ、もう一度かがみ込むと、

「ごめんね」

と、囁くように言った。

第三章　過去

1

呼ばれて、部屋に入って行くと、亮子は誰やらと電話の最中だった。

「――ええ、そうなの。ぜひ、そうなってくれるといいと思うんだけど。――じゃ、七時に。――ええ、楽しみだわ」

千津は、入口の所で、主人が受話器を置くまで待っていた。

「ああ、千津さん、今夜は出かけますからね」

と、亮子は言った。

「結構ですね。今日は暖いですし」

と、千津は言った。「お友だちとお会いになるんですか」

「ええ、そうなの。ともかく三十年来のお友だちで、家族より、よっぽど私のことをよく知ってるって人なのよ」

千津は微笑んで、

「奥様、凄く嬉しそうですね。恋人にでもお会いになるみたい」

と言った。

「そう?」

亮子は楽しげに声を上げて笑った。「そうかもしれないわよ。何しろまだ独身ですからね」

「でも、奥様——」

千津は、亮子の肩にかけたショールの歪みを直しながら言った。「お帰りが遅くなると、底冷えいたしますから、デートは早々に切り上げて下さい」

「ああ、そうね、分ってるわ」

亮子は肯いた。「車を手配してちょうだいな」

「何時にいたしますか?」

「七時に青山へ行くの」

「それなら——六時で充分ですね」

千津が行きかけると、亮子は、

「五時にしてちょうだい」

と声をかけた。「寄る所があるから」

「かしこまりました」

千津は廊下へ出た。下へ行って、ハイヤー会社に電話をかけるのだ。

亮子を乗せる運転手は、いつも決っていた。もちろん、時間帯によって違うわけだが、馴染みの顔の三、四人の内の誰かだった。

もちろん、誘拐とか、具合が悪くなったときとかの危険に備えてのことである。

五時の配車を手配して、亮子の部屋へ戻り、報告すると、

「ありがとう」

と、亮子はロッキングチェアから言った。「四時半になったら仕度をするわ」

「こちらへ参ります」

「それからね、あなたも一緒に行って」

――千津は、ちょっと当惑したように、

「あの――一緒に、ですか？」

と訊き返した。

「そうよ。出かける仕度をして、ここへ来てちょうだい」

「でも――大した服はありませんけど」

と、千津は気がひけるように言った。

「構わないわ。裸でなきゃ」

亮子が、そんな冗談を口にするのは珍しいことである。

「かしこまりました」

と、千津は頭を下げた。


千津は、ゆっくりと頭を上げた。

「こちらが――」

と、亮子が言った。「山中千津さんよ」

「初めまして」

と、その青年は、ちょっと照れたような顔で、言った。「あの――坂部良一といいます」

千津は、チラリと亮子の方へ目をやった。亮子は知らん顔で、

「さあ、お食事にしましょうね」

と、少し高い声で言った。

青山の、あまり目につかない、小さなビルの中にある、レストランだ。――亮子と千津を乗せたハイヤーが、七時の予定に少し遅れて着き、店の入口を入ると、そこに待っていたのが、亮子の旧友、入江百合子だった。そして、その隣に、いかにも店の

ハンガーから外したばかりという背広姿の青年が座っていたのである。

「遅くなってごめんなさい」

と、亮子は、もうすっかり顔馴染みらしい、店の支配人の案内で、奥の小部屋へと歩いて行きながら、入江百合子に言った。

「いいえ、たった十分じゃないの」

亮子とは対照的に、見るからに派手で活動的な入江百合子は、癖になっている、まくし立てるような早口で言った。

だが、実際、この二人の内、時間に正確なのは亮子の方で、いつもなら、早すぎるほど早く、着いているのである。

亮子が遅れたのは、途中での買物に手間取ったからであった。

買物といっても、自分のものではなく、千津に、服だの靴だのを一揃い、買ってやっていたのである。

千津の方は、わけも分らず、買ったばかりのワンピースや、白い靴をその場で身につけさせられ、目を白黒させるばかりだった。

それで済めば、亮子も遅れては来なかったのだが、一応、ちゃんとワンピースを身につけた千津を眺めて、

「やはり、下着から替えないとだめね」

と言い出した。

かくて、千津は、頭の先から爪先まで、着せかえ人形よろしく、まるまる着替えさせられてしまった。

これでは時間もかかるわけである。

「一体何事なんですか?」

と、いぶかる千津に、

「まあいいわよ」

とだけ返事をして、亮子はその店へとやって来た。

——要するに、亮子は千津に、「見合い」をさせるつもりだったのである。

坂部良一という青年のことを、入江百合子から亮子が聞いたのは、一週間前のことだった。

「とても素直で性格のいい子なんだけどね」

と、入江百合子は、他の用事でかけた電話で、坂部良一のことを説明した。「ただ、凄く内気で、最近の進んだ女の子にはついて行けないのよ。まだ二十四だから、焦らなくてもいいんだけど、こういう子は悪い女に引っかかりやすいと思うの」

それを聞いて、亮子の頭にすぐ浮んだのが、言うまでもなく、千津の顔だった。

「それなら、とてもいい子がいるわ——」

というわけで、たちまち、

「じゃ、会わせてみようか」

と、話が決ったのだった。

亮子も、夫が生きていた頃は、よく仲人や花婿、花嫁探しを頼まれたものだが、一人になってからは、ほとんどそんな機会もない。

それに、性格的に、それほど外を飛び回る方でもないので、知っている顔の中に、適当な若い男女を見出せないのも確かだったのである。その点、入江百合子は、当人が、世話好きで、その年代に達して独身の男女には、頼まれる前に話を持って押しかけることすらあった。

「これは」

と思う組合せに出会うと、何が何でも一緒にしてしまおうという性質で、見込まれた方が迷惑することもないではない。

しかし、当の百合子は、そんなこと気にしちゃいないのである。

特に今夜の組合せは、旧友の亮子の推薦だ。山中千津を一目見て、すでに百合子は決心していた。

「決りね」

と、小部屋に入りながら、百合子は亮子の方へ、そっと囁いた。

「でしょ?」

亮子が肯く。

小部屋で、四人は食事をとった。

その間、会話のほとんどは、百合子と亮子の間だけを往復していたが、時折、「本当の主役」、つまり、坂部良一と千津の方にも、言葉がかけられることがあり、二人とも、至って簡単に、

「ええ」

とか、

「いいえ」

で、答えるのだった……。

坂部良一は、亮子の目にも好ましく映った。

美青年とはいいかねたが、決して反感を抱かれることのないタイプだ。

至っておとなしく、堅実な印象を与えた。二十四にしては、うわっついたところがなく、といって妙に老成した感じもない。

この人なら、千津にはぴったりじゃないかしら、と亮子は思っていた。少々、ぴったりし過ぎて、それが不安といえば不安なくらいだ。

一通り食事を終えると、入江百合子が、

「じゃ、そろそろ……」

と立ち上った。

「そうね」

亮子も席を立ったので、千津があわてて、

「すぐ車を——」

と立ちかける。

「まだ、帰らないわよ」

と、亮子が笑って、「ちょっと、この人と内緒の話があるの。このお店の地下はカクテルラウンジになってるのよ。そこにいるから、あなたはこの部屋で待ってて」

「はあ」

「ねえ、それより——」

と、百合子が言った。「私たち、ここの方が落ちつくわ。この二人に席を外してもらいましょうよ」

「そうね。その方が動かなくて済むから、楽だわ」

亮子も賛成した。「千津さん、この坂部さんと二人で、地下へ行って、呼ぶまで待っててちょうだい」

「はい」

千津は、いつもの通り、コックリと肯いた。

二人が小部屋を出て行くのを見送って、亮子と百合子は、顔を見合わせ、肯き合った。

「いい娘じゃないの」

と、百合子が言った。

「折紙つきよ」

と、亮子は肯いて、「坂部って子も、印象はとても爽やかね」

「上に『馬鹿』がつくくらい、正直者なの」

「似合いだわね」

百合子も全く同感だった。――二人の間に生れた赤ん坊の顔までも、百合子の気の早い想像力は描き出していた。

「参ったわ」

と、千津が呟いた。

「え?」

「いえ、何でも」

千津は首を振った。

ラウンジは、薄暗かった。テーブルの上のキャンドルが、ほのかな光を投げている。ムード満点の情景である。百合子たちが、若い二人の方を、ここへ来させたがったのも当然だ。

「ええと……千津さん、だっけ」

「ええ」

「千津さん、と呼んでいい？」

「もう呼んでるじゃありませんか」

と千津は、ちょっと不機嫌な顔で言った。

「そうだね」

坂部良一は、何となく、千津から目をそらしていた。千津は、ちょっと間を置いて、言った。

「今日、お見合いだって知ってたんですか」

「うん。――だって、入江さんに、そう言われて、わざわざ背広も新調したんだもの」

「まあ。それじゃ、自分で？」

「そうさ。だから、これで振られると大損害だ」

千津は、ちょっと目をパチクリさせて、それから笑った。

「驚いたわ」

「そう？　どうして？」

「だって、私、まだ十九ですよ」

「うん。でも、何も今すぐ結婚してくれ、ってわけじゃないよ」

「それはそうだけど……」

何となく二人は黙り込んだ。

千津は、周囲をゆっくりと見回した。

「落ちつかないなあ、こんな所」

坂部は、ちょっと目を見開いた。

「僕もそうだ。こんな店、初めてだからね」

「うちの奥様はとてもいい方だけど……」

と、千津はテーブルに目を落としながら言った。「でも、きっと他の人もいい人に違いないと思い込むのが困りものだわ」

「どういう意味？」

「私のことなんか、何もご存知ないのに。いくら毎日働いてるからって、それが素顔だとは限らないわ。でも、あの方は、そんなこと考えもしないんだから」

千津は、ちょっと苛々した口調で言った。

「でも、仕事をしてたって、その人柄っていうのは出るんじゃないかな」

「そう思う？」

千津はテーブルに肘をついて、両手に顎をのせた。「でも、他人に、嫁として勧めておいて、とんでもない女だったら、どうするのかしら。——あんな風に、結婚話をまとめるのが好きな人を見ると、いつも思うわ」

「君は意外に冷めてるんだな」

「でなかったら、あんなお屋敷で働けませんよ」

千津はそう言って、フフ、と笑った。「がっかりしたでしょ。純情可憐な乙女だと思ってたのに」

「いいや」

と、坂部は首を振った。「そんな女の子がいたら、却って無気味だよ。現実って、そんなに甘いもんじゃない。違うかい？」

千津は、黙って首を振った。

「——何だか妙だね」

と、坂部が言った。

「何が？」

「だって——普通、お見合いすると、『ご趣味は』とかって訊くんだろ？」

「訊いてあげましょうか?」

「訊かれても困るな。何もないんだ」

「まさか」

「本当だよ」

坂部は、ジンジャーエールの入ったグラスを取り上げて見せた。「アルコールもだめだしね」

千津もオレンジジュースを飲んでいた。

「すみません」

千津は、ウエイターを呼んだ。「水割りください」

坂部が、ちょっと驚いたように千津を見ていた。——千津は、テーブルに置かれた水割りのグラスを、ヒョイと手にすると、一気に飲み干してしまった。

「——凄い」

坂部は目を丸くした。「僕だったら、死んじまうよ」

「顔色一つ変らないでしょ」

「強いんだね」

「そうよ。二十歳前でもこれだけ飲めるのに、あなたは、まるでだめなのね」

「そうなんだ」

坂部はため息をついた。「会社でもあれこれ言われるけどね」

「こんなもの、慣れだわ」

千津は肩をすくめた。

「君は——面白い子だなあ」

他に言いようがない、という口調だった。

二人は、それきり、黙り込んでしまった。そして、十五分近くも、いい加減、氷が溶けて薄くなってしまった、ジンジャーエールとオレンジジュースを、少しずつ飲んでいた。

「——もう、行かない？」

と、千津が言った。

「そうだな」

坂部が肯いた。

ラウンジを出て、上に上りながら、千津が言った。

「私たちが、お見合いしたんだって、他の人には分ったかしら？」

「どうかな。——別れ話でもしてると思われたんじゃないか」

千津が吹き出した。坂部も、一緒になって笑い出した。

「――楽しそうだったじゃない」

車の中で、亮子が言った。

「はあ。――何がですか？」

「あなた方よ。二人で大笑いして」

「ああいう高級なお店じゃ、あんな笑い方しちゃいけないんじゃないかと思って、反省してます」

千津は真面目くさって言った。

「気を悪くした？」

「いいえ。――そんなこと」

千津は外へ目をやった。「でも、驚きました」

「あなたはどう思った、あの坂部さんって人のこと？」

「さあ……。それよりあちらがどう思われたかだと思いますけど」

「きっと気に入られたと思うわ」

「そうでしょうか……」

千津は、まるで他人事のように言った。

「私はただ、紹介してあげただけなのよ。後はあなたがいいようにしてね」

「はい」

千津は、少し間を置いて、「色々とどうもすみません」

と頭を下げた。

「これは私の気晴らしなのよ」

亮子は微笑みながら言った。「気楽に考えてちょうだいね」

――千津は流れ去る車外の光景に、じっと目を向けていた。

暗い夜が、ごみごみした街並を、どこも同じように塗り潰している。

夜にうごめく人間たちがいる。――昼の、明るい陽射しの下には出て行けない、かげを負った人間たち。

夜は、醜（みにく）いものも、汚れたものも、隠してくれる。

だから、傷ついた人間たちは、夜の街へとさまよい出るのだ……。

こんなもの、慣れだわ。

千津が、初めてアルコールを口にしたのは、十四歳のときだった……。

ガタガタ震える手に、安い酒を満たしたコップを握らされた。

面白がって取り囲む、顔、顔、また顔……。

「さあ早く飲みな」

それは、高校生の不良グループで、一番恐れられている女リーダーだった。

見たところ、少しも、不良とは思えない、色白の、端正な美少女だったが、それだけに、じっと見つめられると、千津は身も凍りつくような恐怖に襲われた。

「どうしたの？　飲めないのなら、手をついて謝るんだね」

千津は、じっと、酒の入ったコップを見つめた。――これぐらい、飲んだって死にゃしないわ。

腹を決めると、手の震えは止った。

「――さあ、どうすんのよ！」

と、他の少女が千津の背中をこづいた。

千津はキッと振り向くと、

「こぼれるじゃないの！」

と声をあびせた。

相手が、一瞬ひるむ。千津は、コップの酒を一気に飲み干した。

そのまま、立ち上ることもできずに、床に突っ伏して、意識を失った。

――激しいめまい、吐き気、胸苦しさ、頭痛……。

やっと、嵐のような状態を抜け出すと、目の前に、あの少女の顔があった。

「あんた、無茶するんだね」

少女の顔は笑っていた。千津はやっとの思いで、微笑んだ。

それから、千津は、そのリーダーの少女にくっついて歩くようになった。

十五歳のときには、千津はもう、いっぱしの不良少女になっていた。

「――少し疲れたわ」

亮子の言葉に、千津は、ふと我に返った。

「申し訳ありません。私のために、わざわざ――」

「違うのよ。たまにはこうして外出もしないと、老け込むばかりですからね」

「今夜は早くお寝み下さい」

「そうね。そうしましょう」

亮子は目を閉じた。眠ったのかと思うと、少しして目を開き、

「あちらへどうご返事するか、考えておいてちょうだい」

と言った。「すぐに、でなくてもいいけどね……」

そして、今度こそ本当に、寝入ってしまった。

千津は、暗い窓に映る自分の顔に、じっと見入っていた。

2

圭子は、佐伯の事務所のドアを、勢いよく開けた。

「はい」

受付の椅子に、初めて見る顔があった。

まだ大学出たてという年齢の女の子である。

「佐伯さんは？」

と、圭子は言った。

「あの――」

と、受付の女の子は面食らった様子で、「先生ですか？」

「当り前でしょう。他に佐伯さんって人でもいるの？」

「は――あの――どちら様で――」

「いるの、いないの？」

「先生は今、ご多忙で――お約束はございますでしょうか？」

得体の知れない客が来たら、そう言え、と教育されているのだろう。

「そんなものいいのよ。八木原圭子が来たと言って」

「やぎ……」

「八木原圭子」

圭子は苛々しながら、くり返した。

「はい。――あの、どういうご用件で――」

圭子は、ムッとして、怒鳴りつけそうになった。そのとき、ドアが開いて当の佐伯がたまたま現れたから良かったが、そうでなかったら、机の上の花びんぐらいは引っくり返していたかもしれない。

「やあ、圭子さんか」

佐伯は、ちょっと目を見開いた。

「憶えていていただいていて、良かったわ」

圭子は皮肉を言った。「とてもお忙しいようでいらっしゃるから」

「ちょうど昼食に出ようかと思っていたんですよ。ご一緒しましょう。――ちょっと出て来るからね」

佐伯は、圭子の肩を抱くようにして、外へ出た。

佐伯の事務所は、ビルの五階にある。佐伯はエレベーターの呼びボタンを押して、息をついた。

「電話してくれれば、出て行ったのに」

「あら、そう」

圭子はわざと目をそらしていた。「三回も電話をかけたのに、返事もくれなかった人は――いいえ、偉い先生は、どなただったかしら」

「いや、悪かったよ。言い訳はしない。ただ理由を説明すると、あの新人の女の子が、伝言というものは、一日分をまとめて帰り際に思い出すもんだと思い込んでいるせいなんだよ」

「言い訳じゃないの、それだって」

「謝ってるじゃないか」

エレベーターが来て、佐伯は、圭子と乗り込んだ。

「お昼には早いわ。まだ十一時半よ」

と、圭子は言った。

「どうせ君は朝昼兼用だろう? 遅い朝食、ってことでいいじゃないか」

圭子は肩をすくめた。――ふくれっ面だが、いくらか、ご機嫌は直ったらしい。

二人は、近くのレストランに入った。

「――いつも、こんな高級店に入るの?」

と、圭子は店の中を見回した。

「弁護士が、ラーメンじゃ、ちょっとお客の手前みっともないからね。見栄をはってるのさ」

と、佐伯は、軽い口調で言って、それから、言いにくそうに、声を低くした。「――この前は悪かった」

圭子は、運ばれて来た熱いスープを、少しずつスプーンで口へ運んだ。

「どうしてなの?――あんなこと、侮辱(ぶじょく)だわ」

「すまん。どうにもならなかったんだ」

佐伯は肩をすくめた。「あの前は忙しかった。二、三日、徹夜に近い状態が続いてね。だから——君の誘いを受ければ、目も覚めるんだが、あの日は、一旦、寝たふりをしなくちゃならなかったろう？　あれが悪かったんだ」

圭子は、ちょっといぶかしげに、佐伯を見た。

「よく分らないわ」

「そう難しく考えないでくれ」

佐伯は、気がひける様子で、苦笑した。「至って単純な話さ。あの晩、僕は君の所へ行くつもりはもちろんあった。ところが、一旦眠ったふりをするつもりが、何と、本当に眠っちまったわけさ。もともとアルコールにも、そう強い方じゃないしね」

「待ってよ……じゃ、あなたは……」

圭子は、じっと佐伯を見つめた。

「目が覚めて、ハッと飛び起きた。しまった、と思ったよ。しかし、そんなに眠ったはずはない。今からでも間に合う、と時間を見たら——もう朝の七時だったんだ」

佐伯は首を振って、「君にも合わせる顔がなくて、引き上げて来ちまった。女性がベッドで待っているのを、すっぽかすなんて、正に、どういう返礼を受けても仕方ないと覚悟して——おい、どうしたんだ？」

佐伯は言葉を切った。

圭子の手からスプーンが落ちた。圭子は、真青になっていた。

「じゃ、あなた——あの晩、来なかったの？」

「そうだよ。でも——君だってそれを知ってて——」

圭子は、いきなり立ち上った。椅子が倒れて、店中に響くほどの音を立てた。

「おい、どうしたんだ？」

圭子は何も答えず、店から走り出して行った。

「待ってくれ！——ちょっと」

佐伯は後を追った。

しかし、通りへ出ると、圭子は、タクシーを停め、急いで乗り込むと、

「このまま、真直ぐにやって」

とだけ言って、顔を伏せた。

佐伯が追って来ていることも分っていたが、とても話せる状態ではなかった。

圭子が腹を立てていたのは、あの晩、佐伯が、眠ったままの自分を抱いて帰ったのだと思い込んでいたからだった。

人格を無視され、オモチャ扱いされたのだと怒っていた。しかし——佐伯は来なかった、というのだ！

だが、自分は裸にされ、明らかに、男の体を受け入れていた。――では――では、誰が自分を抱いたのか？

圭子は混乱していた。


「帰らなくても、大丈夫なの？」

「うん」

秀一郎は、畳に寝そべっていた。

「牛になるわよ」

「ええ？」

秀一郎は、びっくりして、彼女の方を見た。

ろくに髪も手入れしていない、ちょっと小柄で、垢抜けしない娘が立っている。

その娘は、クスクス笑って、

「聞いたことない？　小さい頃に、よくお母さんに言われたわ。『食べてすぐ寝そべってると、牛になるよ』って」

「ああ、そうか。そういえば聞いたことがあるなあ、そんなこと」

秀一郎は、また天井を見上げた。「でも、うちじゃ、そんなこと言われる雰囲気じゃなかったんだ」

「そうね。大邸宅じゃ、食べてすぐ寝転がるってわけにもいかないのね」

「窮屈なもんだよ、金持なんて……」

秀一郎は欠伸をした。

「いやよ、寝ちゃったら。ちゃんと家に帰ってね」

「分ってるよ」

秀一郎のヒョロリと長い体は、この六畳一間のアパートには少々不つりあいに見える。

「コーヒー、飲む？」

「うん」

「じゃ、すぐ淹れるわ」

カタカタ、と、ヤカンを出したり、ガスの火にかけたりする音が、秀一郎の耳に入ってくる。——千津さんに似てるな、と秀一郎は思った。

どうして、こんな貧乏くさい女の子に惚れちまったんだろう、と、今でも時々秀一郎は考える。

大学へ行きゃ、もっとスマートで、お洒落で、遊び好きな女の子がいくらでもいる。そして、秀一郎の家が資産家だと知っている子なら、喜んでホテルにだってついて来るだろう。

もちろん、秀一郎も、時にはその手の女子大生とホテルへ行くこともある。しかし、それはあくまで「遊び」だ。

秀一郎が、結婚したい、と想いをかけたのは、この安アパートに一人住いの、十八歳の娘――深沢昭子だったのである。

美人でも、スマートでもない。大学生でもなかった。

大学と無縁というわけではなかったが、ただ、大学生がよく寄る喫茶店で、ウエイトレスをしている、というだけの関係だった。

出会いは至って平凡で、それこそ気恥ずかしくなるほど、平凡な、メロドラマ風だった。

――そのとき、秀一郎は、授業をさぼって、喫茶店で本を読んでいた。珍しいことではない。むしろ、これが普通の状態であった。

隣のテーブルに、いかにも口やかましそうな中年女が座っていて、オーダーを取りに来るのが遅い、と文句を言い、訊き直したと言ってはブツブツ言っている。

秀一郎は、祖母にしろ母親にしろ、こういうヒステリックなタイプの女性を知らないので、そばにいるだけで苛々して、もう出ようか、と本を閉じた。

何度もその女性に謝っているウエイトレスは、新顔らしかった。この店に年中来ている秀一郎が知らないのだから、たぶん、せいぜい勤めて三日、というところだろう。

　その女が、トイレに立った。秀一郎が、伝票を手に、立ち上りかけたとき、ウエイトレスが、コーラのグラスを運んできた。

　そして、ビニタイルの床に、水でもこぼれていたものか、足を滑らせて、体のバランスを崩した。辛うじて、転ばずには済んだものの、グラスからこぼれたコーラが、例の女性客の椅子に置かれていたコートに、まともにかかったのだ。

　ウエイトレスの顔から血の気がひいた。

　急いでエプロンで拭いてみたものの、そんなことでは、とてもしみは消えない。

　トイレから、あの女が戻って来た。

　そのとき──どうしてそんなことをしたのか、秀一郎自身にも、よく分らなかったのだが、その女に声をかけていたのだった。

「ああ、失礼。ちょっと僕がこの人にぶつかってね、コーラがこぼれちまったんですよ」

　その女は、突然のことで、どう対応したものか、迷ったようだった。秀一郎は、すかさず、

「これで足りるでしょう」

　と、一万円札を何枚か、ポケットから出して、女の手に押し付けた。

「ま──あの──」

「じゃ、悪しからず」

秀一郎は、レジに代金を置くと、さっさと店を出てしまった……。

——その一件の後、何となくその店には足が向かなかったが、一週間ほどたって、秀一郎は、珍しく講義に出て、しかし、途中で脱け出し、校門を出た。

「すみません」

と、呼び止めた女の子を見ても、秀一郎はそれが誰なのか、とっさには分らなかった。

「この前は、申し訳ありませんでした」

そう言われて、やっと思い当る。

「君か。——普通の格好してると分らないね」

「お待ちしていたんですけど、店においでにならないので……」

何とも野暮ったいカーディガンにスカート——何だか、昔の小説あたりから、抜け出してきたようだ。

「でも、よく分ったね」

「たぶん、こちらの学生さんだろうと思って、今日はお休みなので、ずっとここで立っていたんです」

「朝から？」

「九時ごろからです」

秀一郎は呆れた。もう午後の三時である。

「大した根気だなあ」

と、秀一郎は笑った。

「この間のお金を、弁償させていただきたくて……」

「そんなこと、いいんだよ」

「そうはいきません！　三万円も払って下さって――」

「あれ、三万円だったの？　適当に渡しちまったからな。気にしなくていいよ。俺んち、金持なんだ。あれぐらいの金、すぐもらえるから」

その女の子は、キョトンとした顔で秀一郎を見ていたが、やがて、ハッと我に返った様子で、

「あの――すみません、私、貧乏なんで、毎月五千円ずつお返ししたいんですけど」

と、しわくちゃになった五千円札を、差し出した。「受け取って下さい。あなたには大したお金じゃなくても、私にとっては大金なんです」

秀一郎は、いらないと言うのもためらわれて、その札を手に取った。――思いもかけなかった、新鮮なショックを受けた。

その使い古した札には、握りしめていた手のぬくもりがあった。いつも秀一郎が無

造作にねじ込んでいる一万円札のように、パリパリの新札ではない。

人の手を転々として来た、古い汚れた札には、それをじっとしまい込み、大切にしていた人間の心が感じられた。

「また次のお給料をいただいたら、五千円お返しします」

と、その女の子は言った。「それで構いませんか」

秀一郎は、その女の子を眺めていた。

TV以外のものを、こんなに長く見ていたのは、久しぶりのことだ……。

「いいよ。ともかく――」

と、秀一郎は、五千円札をポケットへ入れると、「朝からここに立ちづめじゃ、疲れただろう。何か食べようよ」

と言った。

これが、秀一郎と、深沢昭子の出会いだった。

付き合いだしてからも、深沢昭子は毎月、五千円を返していたし、秀一郎に何一つ買ってくれとねだったこともない。

女の子というのは、何でも男に払わせて当り前という顔をしているものだと思っていた秀一郎にとっては、昭子はまるで別の星から来た人間のようだった。

その新鮮さも、おそらく秀一郎を昭子へひきつけたのだろう……。

「──どうしたの？」

と、昭子は訊いた。

「何でもないよ」

ゆっくりと、コーヒーをすすりながら、秀一郎は首を振った。

近くのスーパーで買って来た豆、ちょっと縁の欠けた安物のコーヒーカップ。

それでも、ここで飲むコーヒーは、作った者のぬくもりが感じられた。体が暖まるのだ。

「お家の方で、何かあったの？」

と、昭子は言った。

「いいや。どうして？」

「何だか、上の空だから」

「何でもないよ」

秀一郎は肩をすくめた。「問題の起るような家なら、まだしもさ」

「そんなこと言っちゃいけないわ」

昭子は、自分もカップを手にしていた。

「君は、いい家族がいるんだろ」

昭子はちょっと笑って、

「ごく平凡な家族よ」

と言った。

「みんな自分のところが平凡だと思ってるんだろうな。──でも、俺は少なくとも、平凡な家族だとは思えない。いつも高級ホテルかどこかでかしこまってるみたいだ」

「そういうおうちに生れたんだもの。仕方ないわよ」

昭子は穏やかに言った。「みんな、自分の生れた環境ってものがあるわ」

秀一郎は、少し間を置いて、言った。

「──親父（おやじ）、何も言わない。忘れてるんだ、きっと」

「無理をしないで」

「もう一度話してみる。ただ、まともに帰って来ないから、なかなか会わないんだよな」

「急ぐことないわ。まだ若いのよ」

「ああ、分ってる」

秀一郎は、昭子の頭を引き寄せてキスした。

「だめ」

昭子は、秀一郎を押し戻した。

「──君は博物館に入らなきゃ」

秀一郎はため息をついて言った。

昭子とは寝たことがなかった。キス以上には、進んでいないのである。

昭子が、頑として拒んでいるのだ。

「もう遅いわ」

と、昭子は言った。

「九時だぜ。小学生じゃあるまいし」

「でも、九時過ぎて——」

「男が女の子と二人でいちゃいけない、ってんだろ。分った。帰るよ」

秀一郎は笑いながら立ち上った。

「真直ぐ帰ってね」

玄関で、靴をはきながら、秀一郎は、

「あんまり早く帰ると、家で心配するよ。具合でも悪いんじゃないかって」

と、真顔で言った。

「駅まで行く？」

「大丈夫。ちゃんと帰るよ」

秀一郎は笑って言った。「じゃ、明日」

「ちゃんと大学へ行ってからお店に来てね」

「この小姑はうるさいな」

昭子は秀一郎の言葉に吹き出した。

アパートの二階の部屋を出て、狭い階段を降りる。二階の外廊下から、昭子が手を振っていた。

秀一郎はちょっと手を上げてみせ、歩き出した。

薄暗くて、狭い道だ。秀一郎は危うく誰かと突き当りそうになった。

「失礼」

コートをはおったその男は、低い声で言った。――何してんだ、こんな所で？

秀一郎は、ちょっといぶかしげに、その男を見たが、暗がりの中では、顔もまるで分らない。

秀一郎が行ってしまうと、その男は、アパートの方を眺めた。

昭子が、部屋へ入るところだった。――コートの男は、アパートへと歩いて行くと、下の郵便受の名前を見て、手帳を出し、メモを取った。

そして軽く口笛を吹きながら、歩き去った。

3

康代は、よろけて、塀にもたれかかった。

何とも言えない、気分の悪さだった。それが、慣れないアルコールで酔っているせいなのか、それとも、自分を嫌悪する思いの故なのか、康代自身にもよく分らなかった。

吐き気がした。——思い出したくもない。

「もう、これきりにして」

ホテルの部屋で、康代は言ったのだ。

「これきりだって?」

下山は、もういい加減、酔っているようだった。まだ真昼間だというのに。

「そうよ。——もう三度目じゃないの」

康代は、精一杯、咎め立てするような調子で言ったつもりだったが、声は弱々しく震えた。

「大した金でもないじゃねえか」

下山は、だらしなくワイシャツの胸をはだけて、ベッドに寝そべっていた。

「そんな！　これで、もう一千万円にもなるのよ」

「八木原家の財産からすると、雀の涙さ。そうだろう」

と、下山は言った。

「やめて。——額の大小じゃないわ。これは盗みよ。これ以上、とても……」

康代は顔を伏せた。

「あんたが辛いのはよく分るよ」

と、下山はベッドから降りて、康代の方へやって来た。

「もうやめて。今日は帰るわ」

康代は後ずさった。「これ以上、宝石を持ち出すなんてこと、できないわ」

「その話は後にしようぜ、なあ」

下山が強引に康代に抱きついてくる。酒くさい息がかかって、康代は身をよじった。

「もういやよ！　やめて！」

「帰すもんか。いやならどうしてこんな所へ来たんだ？」

下山は笑いながら言った。

逃れようとして、康代は足がもつれ、床に倒れた。下山が、その上にのしかかって、唇を押しつけてくる。

払いのけることのできない重みの下で、康代は力を失っていった……。

そして――ホテルを出たのは、三時を少し過ぎていた。

どうしてお酒なんて、飲んだのかしら？

自分でも、よく憶えていなかった。――ともかく、下山に言われるままにグラスをあけた。そして、目の回るような混乱の中で、抱かれたのだった。

ホテルを出ても、表通りを歩く気になれず、狭い、路地のような、塀の間の道を、ふらつきながら歩いていた。

もちろん、どこへ出る道なのか――いや、そもそも、どこかへ出られるのかどうかすら、康代は知らない。

私と下山みたいだわ、と康代は思った。

道はますます狭くなるようで、両側の、冷たい、のっぺりとした塀に押し潰されるような気すらした……。

吐き気がひどくなって、康代はその場にしゃがみ込んでしまった。――吐いてしまえば楽になるのだろうが、なかなか思うようにはならない。

足音に、ふと顔を上げた。――三人の若者が立っている。

生っ白い、見るからに不健康な若者たちだった。だらしなく、ジャンパーやコートをはおって、感情のない、冷たい目で、康代を見下ろしている。

その目つきに、康代はぞっとした。

「おばさんよ、持ってる金、出しな」

と、一人が言った。

康代は黙っていた。

「少しは持ってんだろ、男とホテルにしけ込んでたんだから」

手が伸びてきて、バッグを奪おうとする。康代は、反射的にバッグを抱きかかえた。

「おとなしくよこしゃ、けがしないで済むんだぜ」

と、若者の一人が言った。

その手に、ナイフが光った。康代は青ざめた。――少々のお金など、くれてやればいいのだ。

そう思っても、体の方が動かないのだった。

「そいつをよこしな。その年齢だって、傷のある顔にゃ、なりたくねえだろ」

ナイフが康代の目の前に突き出された。

「ちょっと」

若者たちの後ろから、声がかかった。「あんたたち、何してるの」

康代は、目を疑った。――立っていたのは千津だったのだ。

「何だよ、お前は」

と、ナイフを手にした一人が、千津の方へ向いた。「余計なことに首突っ込むとけがするぜ」

千津は、顔色一つ変えなかった。

「子供っぽい真似はよしなさいよ」

と、当り前の口調で言った。

「へえ。――言うじゃねえか、おい」

と、ナイフを千津の目の前にチラつかせる。

千津の右手が、驚くほどの素早さで動いたと思うと、若者の手にあったナイフは、道に叩き落とされていた。

三人が呆気にとられている間に、千津は落ちたナイフを手にしていた。

「さあ。けがをするのはどっち？」

「この野郎――」

残りの二人もナイフを取り出した。

康代は、ただ震えて、見守っているばかりだった。

千津は、靴を両方とも脱ぎ捨て、ナイフを握って身構えた。

「そんなへっぴり腰で、喧嘩ができると思ってるの？」

千津が踏み込むと同時に、ナイフはヒュッと音を立てて空を切った。三人の若者たちは、あわてて後ずさりした。

康代は、目の前の光景が、信じられなかった。千津の手の動きは、目にもとまらないほど早かった。

三人を相手にしても、全く、つけ入る隙を与えない。若者たちは、じりじりと退がるばかりだった。

「こいつ！」

一人がやけになって飛び出すと、アッと声を上げた。ジャンパーの左腕の一部がスパッと切られて、血が飛んだ。

ナイフを投げ出して、呻き声をあげながらうずくまってしまう。そうなると、残る二人は真青になった。

「連れて行きなよ」

と、千津が言った。

息も乱れていない。

けがをした一人を、両側から抱きかかえるようにして、若者たちは、逃げて行った。

千津はナイフを放り出し、靴を拾い上げてはいた。

康代は、夢から覚めたように、よろけながら立ち上った。

「千津さん……」

「帰りましょう」

と、千津は静かに言った。

——タクシーに乗って、しばらく、康代も千津も黙っていた。

「まだ気分悪いですか」

と、千津が訊く。

「いえ、もう……」

康代は首を振った。「千津さん、あなた……」

「何だか様子がおかしいので、気になって」

と、千津は言った。「——用心した方がいいですよ、ああいう所では。裏道へ入ったら危険ですから」

康代は、なぜか分らないが、泣いていた。涙が、勝手に流れてくる。

窓の外へ目を向けたが、何もかもが、にじんで、ぼやけていた。はっきりと見えるものは、一つもない。

「知ってたの？」

康代は訊いた。

「私、使用人ですもの。お家の方が何をなさっていようと、とやかく言う立場じゃありませんわ」

そう言われてしまうと、康代としても、口をつぐむしかなかった。

　タクシーが八木原邸に着くと、千津は料金を払い、康代を支えるようにして降ろした。

「大丈夫よ……。ありがとう」

と、康代は言ったが、それでも、千津に支えられていないと、足もとがふらついた。

「今は奥様だけしかいらっしゃいません。お部屋でしばらく休まれた方がいいですよ」

「ええ、そうね……。そうするわ」

幸い、亮子にも気付かれなかったようだ。

康代は自分たち夫婦の寝室へ入って、ベッドに倒れ込んだ。

「水でもお持ちしましょうか」

と、千津は、言った。

「いいえ、大丈夫。――世話かけて、ごめんなさい」

「いいんです」

と、千津は言った。「お大事に」

千津が出て行くと、康代は、じっと天井を見上げていた。

ただ、惨めな自分の境遇だけが、康代の上にのしかかっていた。――千津のことにも思いが及ばなかった。

なぜ、千津があそこにいたのか。そして、あの不良少年たちを相手にした千津の、別人のような「凄み」は、どういうことなのか……。

康代は、そんなことなど、考える余裕がなかった。自分と、下山のことだけが頭にあったのだ。

もう、これ以上はとても無理だ。三度にわたって、一千万以上の金を、下山へ渡してきた。

それも、辻間が闇で捌(さば)いてくれた金の一部をもらっているのだ。当然、闇での値は、ずっと値切られているのだろうから、実際には、三千万――いや、おそらく、それ以上の宝石を盗み出していることになる。

何より恐ろしいのは、慣れてしまうことであった。

康代は、最初のときも、二度目も、心の中で亮子に手を合わせるような思いで、宝石を持ち出した。しかし――三度目は、自分でも驚くほど、無感動だった。

そして、後になって、ゾッとしたのである。――こんなことをしていてはいけない！

だが、その決心も、ホテルで、脆(もろ)くも踏みにじられてしまった。この次は……。

この次は？　拒み通せるだろうか？

「もういやだ！　いやだわ！」

康代は声を出して言いながら、激しく頭を振った。

しかし、恐怖は消えなかった。また、要求されれば、その通りに、宝石を盗み出し、ホテルで下山の汗くさい腕に抱かれるのではないか、という恐怖は……。

起きなくては。――いつまでも、こんなことをしてはいられない。

ごく当り前にふるまわなくては……。

そうだ。シャワーを浴びよう。下山に抱かれて帰った後、いつもそうするように。

まだ、ひどい頭痛がして、めまいも残っていたが、それでも、何とか浴室へ入り、服を脱いだ。

シャワーの栓をひねって、熱いお湯を出す。湯気に包まれているうち、急に吐き気が襲ってきた。

康代は、這うようにして、洗面台まで行くと、何度も吐いた。

酸っぱい匂いが鼻につき、康代は裸のままで、冷たい床に座り込んでしまった。

惨めさに、涙が出てきた。――どうして――どうして、こんなことになってしまったのだろう？

康代は、両手で顔を覆って、声を殺しながら泣いた。


電話が鳴っていた。

千津は、受話器を取った。

「八木原でございます」

「あの——山中千津さん、いらっしゃいますか」

「どちら様ですか」

「坂部良一といいます」

「どういうご用件でしょう?」

「あの、ちょっと知り合いなんですが——なんだ、君じゃないか」

坂部がやっと気付いたのは、千津が笑い声を上げたからだった。

「だって、全然気が付かないからよ」

「そんな澄ました声出されちゃ、分らないよ。びっくりしたな」

「そんなに違う?」

「うん、別人みたいだ。——暇、あるかい?」

「あるわけないでしょ。この家のこと、何もかもやってるのに」

「でも、いつでも誘い出してくれて結構、って、言われてるんだよ」

「誰がそんなこと言ったの?」

「お宅のご主人さ。そういう話だよ」

「呆れた。私がいなきゃ、この家なんて、まるで動かないのに」

「僕らの仲も動かないぜ、出て来てくれないんじゃ」

「いいじゃないの。どっしり落ちついている男の人って魅力的よ」

「からかうなよ。本当に――どうなんだい、今度の日曜日でも」

千津は、ちょっと間を置いて、

「考えておくわ」

と言った。「それから、ここの電話にかけるのなら、朝のうちにして。こんな時間だと、誰が出るか分らないわ」

「分った。朝何時なら大丈夫？」

「六時には起きるわ」

「へえ！　丈夫だなあ」

「変な感心の仕方しないで」

と、千津は笑った。「少し同情でもしてくれない？　じゃ、土曜日にでも電話して」

「朝六時にね」

――千津は電話を切った。

それから、少し離れた所に立っている、圭子に気付いた。

「お帰りだったんですか」

「つい今ね。――例のお見合いの相手？」

「ええ。物好きもいるんですね。私と付き合いたいって、しつこく電話してきて」

「母の勧めた人なら安全よ」

「そうでしょうね」

千津は、大して気のない様子で言った。「何か召し上りますか？」

「いいわ。食欲ないの」

と、圭子は肩をすくめた。

「お昼は召し上ったんですか？」

「カクテル一杯ね」

「お体に悪いですよ。ジュースでも作ってお持ちしましょうか」

と、千津が言うと、圭子は、

「いらないわ」

と手を振って、自分の部屋の方へと歩きかけたが、ふと思い直したように振り向いて、

「じゃ、コーヒーをくれる？　薄目にして」

「ミルクの方がいいんじゃありませんか」

「カフェ・オ・レ。これで手を打ってよ」

「分りました」

と、千津は笑った。

——圭子は、部屋へ入ると、ベッドに横になった。

けだるさが、のしかかってくる。まだ若いのに、疲れてばかりいるのだ。

情ない、と思うのだが、どうにもならない。

同年輩の友だちの中には、色々な仕事を持って、飛び回っている者も少なくない。今日はテニス、明日は英会話、アートフラワー、料理、編物……と、毎日、忙しく「教室巡り」をしている者もいる。

圭子は、内心、そんな女たちを軽蔑(けいべつ)してきた。そんなもの、しょせんは、「お遊び」に過ぎないじゃないの。どれも本物じゃないわ。

どうせ半分は——いえ、それ以上、おしゃべりをするために行くんだから。

私は、そんなのいやだわ。やるなら本物にならなくちゃ。——そうよ。私はあなたたちとは違うんだから。

だが——だが、今、自分はどうだろう、と圭子は思った。

いつも、ただくたびれて、苛々して、寝転がっているだけの生活。これで、他人のことを、あれこれ言えるだろうか？

少なくとも、この胸苦しさを、忙しさの中に紛らわせて、忘れることさえできたら。

——圭子は、「お遊び」にでも、駆け回ることのできる友人たちを、羨しいと思った。

初めてのことだったが。

びっくりするほどすぐに、千津が、カフェ・オ・レのカップを盆にのせて入って来た。

「失礼します。――ここに置きます」

「千津さん」

圭子は起き上った。

「具合でも悪いんですか」

「いつものことよ」

「少し運動された方がいいですよ」

圭子は、ベッドに腰をかけた格好で、千津を見ていた。――不思議な娘だ、と思った。

その目は、みごとなまでに無表情だった。愛想のいい微笑みも、目には無縁だ。

千津の目は、見方によっては冷ややかで、突き放したような無関心を表わしている。

「ねえ、千津さん。この前のこと、憶えてる？　あなたの部屋を借りた夜のこと」

「ええ。お小遣いをいただいて、すみませんでした」

「そんなことといいの。あなた……」

言いかけて、圭子はためらった。

「何ですか」

「こんなこと言っても、気を悪くしないでね。——あのとき、あなた、部屋を覗いて見たりしなかった？」

千津は、ちょっと目を丸くして、

「いやだ！　そんなことしませんよ」

と、抗議するように言った。「そりゃあ、私も年頃ですから、興味はありますけどね。——でも、朝、ぐっすりおやすみになっているところへ来ただけです」

「そう。そうでしょうね……。ごめんなさい。変なこと言って」

「いいえ。でも——どうしてですか？」

「何でもないの。じゃ、コーヒー飲んだら、少し散歩でもして来ようかな」

と、圭子は、極力、気軽な調子で言った。

「そうですよ。その方がいいと思いますわ」

千津は、ドアの方へ、ちょっと行きかけて、

「あ——そうだわ。でも、まさか……」

と、独り言のように呟いた。

「どうしたの」

圭子が訊く。

「いえ——あのとき、誰かが覗いてたんですか？」

「ちょっと、そんな気がしただけなのよ。どうして？」

「いえ、それじゃ、もしかしたら、秀様かもしれませんよ」

「兄さん？」

「台所で寝てて、途中、一度トイレに行ったんですよね。そのとき、秀様が急いで二階へ駆け上って行くのが見えたんです」

「駆け上って？」

「ええ。何だか、あわててらしたようで。だから、気になって、少しそこに立ってたんです。呼ばれるかもしれないと思って。でも、別にそんな様子もなかったので、そのまま寝ちゃいました」

「そう」

圭子は肯いた。「ありがとう。きっとそんなことね」

「お訊きになるのも妙なもんですね」

千津は微笑んで、部屋を出て行った。

圭子は、コーヒーカップを持ち上げ、そっと熱いカフェ・オ・レを口に含んだ。

——兄が？　まさか私を？

カップを持つ、圭子の手は震えていた。

4

深沢昭子は、

「お先に失礼します」

と、頭を下げて、喫茶店を出た。

「はい、ご苦労さん」

声をかけてくれるのは、店のオーナーだ。

夜、十時で閉店だが、その後まで残る客もいるので、すぐには閉められない。

店が空になって、後片付けをすると、店を出るのは、たいてい十一時にはなった。

もっとも、いつも遅番というわけではないので、朝から夕方までで帰るときもあり、そういう日に秀一郎と会うようにしているのだった。

穏やかな夜だった。

昭子は、足早に歩き出した。――並びの商店は、みんなとっくにシャッターを降ろしている。

こんな時間まで、文句一つ言わずに残っている女の子は少ないから、店のオーナーは、昭子を気に入ってくれている。親切にしてもくれる。

しかし、昭子には、それが少々重荷だった。もちろん、オーナーの方に、妙な下心がないことは分るのだが、オーナーの奥さんが、快く思わないのは当然のことだ。

このところ、朝の挨拶をしても、返事もしてくれないようになった。

あの店にいられなくなったら、他の所で、また一からやり直しだ。

もちろん、やってできないことはないが、やはり気の重いことではあった。昭子としては、少しでも気持よく働きたいのだ。

もちろん――秀一郎に言えば、今の、昭子の稼ぎぐらいは、すぐ出してくれるかもしれない。でも、そうなれば二人の関係も、微妙に変ってくる。

昭子には、それが怖かった。

今のままでいい。――秀一郎との間は、今のままでなくては……。

秀一郎が結婚したい、と言っているのを、昭子は信じないわけではなかった。だが、到底、無理な話だ。

ともかく、話を聞くにつれ、秀一郎の家に、自分が嫁として入っていくことなど、とても不可能に思えてくる。

もちろん、秀一郎は、

「そんなこと、関係ない」

と言うに決っているし、本心から、そう思っているのだろう。

しかし、しょせん秀一郎は「金持の坊っちゃん」なのである。苦労して生活するということを知らない。

やはり、別世界の人間なのだ。——でも、秀一郎の優しさは、昭子の疲れをいやしてくれた。

それだけでもいい。ほんのひととき、夢を見ているだけでも……。

昭子は、足を止めた。

誰かが前に立ちはだかった。一瞬、ギクッとした。

「あの……何ですか？」

できるだけしっかりした声で言う。

「深沢昭子っていうんだろ？」

中年の、ちょっとくたびれた感じの男だった。しかし、どことなく、粗暴な印象を与えて、昭子は、恐怖を覚えた。

「どなたですか」

と、少し後ずさりながら言う。

「ちょっと頼まれてね。そう怖がることはない。話だけだ。——今日のところはね」

男は、意味ありげに付け加えた。

「八木原秀一郎と別れてくれ、ってことさ」

　昭子の顔がこわばった。

「お話って……」

「何ですって？」

「あんたのような娘にへばりついていられちゃ、ああいういいお家は迷惑するのさ」

　昭子は、ちょっと間を置いて、

「誰に頼まれたんですか」

　と訊いた。

「そんなことはどうでもいい。ともかく、どこかへ姿をくらましてほしい。あんな店、無断でやめたって、別に不思議には思わないだろう」

「そんなわけにはいきません」

「金を払う、とおっしゃってるよ、先方では。それで引っ越しして、ちゃんと手もとにも、新しい仕事を見付けるまでの生活費ぐらいは充分に残る」

「私――お金のことなんか言ってません」

「へえ！　そうか。それじゃ、なぜ、大金持の一人息子をアパートへ連れ込んでるんだね？」

　と、男は笑った。

「私たち、何も妙な仲じゃありません！」

昭子の声は、少し震えた。

「なるほど。しかし、誰も信じないだろうぜ。——ともかく、そんなことはどうでもいい。どこかへ消えてくれりゃ、金を出す、ってことだ。いいじゃないか。苦労もせずに金が手に入るんだ」

「そんな……そんなこと、できないわ」

と、昭子は低い声で言った。

「純情ぶるなよ」

男の声が、急に凄みを帯びて、昭子は身を縮めた。男は、ぐいと昭子の肩をつかんで、押えつけた。

「ちゃんと、こっちには分ってるんだぜ。十六のときに妊娠して、学校を退学になったこともな。何もかも洗い上げてある。どうせ、あの金持のドラ息子には、清純無垢な乙女みたいな顔して会ってるんだろう？」

「やめて下さい！」

血の気の失せた顔で、激しく昭子は首を振った。

「少し時間をやろう。だが、選ぶ余地なんてないんだぜ。分ってるだろうけどな」

男は昭子を突き放すようにして、そのまま足早に歩き去った。

昭子は、膝が震えて、傍の電柱にもたれかかった。固く握りしめた拳を、じっとかみしめて、立っていた……。

「――いつまでもこんなこと、していられないわ」

昭子の言葉に、秀一郎は、ちょっと面食らったようだった。

「何だ、今日は休みを取ったんだろ？　何か用事があるの？」

分ってないんだから、と昭子は思った。

でも、無理もない。今の今まで、食べているポテトフライの話をしていたんだもの。

それに、周囲は、明るく、にぎやかにざわついている。

平日の遊園地というのに、天気がいいせいか、結構人が出ている。

アベック、親子連れ、中には散歩代り、という感じの年寄りもいる。

もちろん、世の中には、日曜日が休みでない仕事の人も、いくらもいるから、不思議でもないのだが、それでも、父親が子供を抱いたり、手をひいたりしている姿を、こんな平日に見るのは妙な気がした。

「どうしたんだ、一体？」

と、秀一郎が、昭子の顔を覗き込んで、「何だかおかしいぜ」

昭子は、ちょっと笑った。

「いいのよ。——何でもないわ」

後で。後で話そう。何も、今でなくたっていい。

こんな遊園地に来てまで……。

「何か乗りたいわ」

と、昭子は言った。

「いいよ。何がいい？」

「ゴーカート。あなた運転してね」

「君だってできるさ、あんなもの」

「いやよ。怖いわ」

「平気だってば！　行こうよ」

秀一郎は、昭子の手を取って、ほとんど駆け出すようにして、ゴーカート乗場に向った。

「こっちがいいわ」

と、昭子は、〈二人乗り〉という看板の方へ秀一郎を引っ張ったが、

「だめだめ」

と、逆に引き戻され、結局〈一人乗り〉の方に並ぶはめになってしまった。

もちろん、そう混んでいるわけでもないから、すぐに順番が来て、何だかオモチャ

みたいなゴーカートが足もとへすり寄って来る。

「はい、どうぞ」

係員に言われて、昭子は、こわごわ乗り込んだ。

「ほら、右の青いペダルがアクセル、左の赤いのがブレーキだからね」

と、秀一郎が説明する。「簡単さ。僕もすぐ次の車で追いかける。ほら、踏んでごらん」

昭子は、恐る恐る、青いペダルに足をのせ、軽く踏み込んだ。とたんにぐっと前へ飛び出し、あわててハンドルを握りしめた。

「そっと踏むんだよ！」

秀一郎の声が、後ろに遠ざかっていく。

昭子は必死でハンドルを操作した。ゴーカートは右へ左へカーブしながら、酔っ払いの千鳥足さながらの頼りなさで進んで行く。

ともかく、ハンドル、アクセル、ブレーキ、どれもが、ちょっと力を入れると、びっくりするほど効くので、最初は肝を冷やしたが、少し行くと、昭子も大分慣れてきた。

真直ぐな所では、少しスピードも出してみる。——もちろん、大した速度じゃないのだろうが、車体と座る位置が低いので、速度感があるのだ。

風が顔をかすめて行く。――馴れてみると、快適ですらある。

結構楽しいじゃないの、と昭子は思った。真直ぐの所で、ちょっと振り返ったが、秀一郎はついて来ていない。

きっと次の車が来るのに間があったのだろう。でも、この分なら、何とか行けそうだわ。

やってみること。――昭子にとって、それは本当に珍しい体験だった。

昭子は、これならできる、と分っていることしか、やってこなかった。ともかく一度やってみようという余裕は、なかったのである。

昭子は、いつも「失敗したらそれまで」という、ぎりぎりのところで生きてきた。貧しさだけでなく、生き方として、である。

だから、いつしか、安全なこと、失敗しないことだけを目標に、生きるようになっていたのだ。

それに、確かに、人生は、弱い者には苛酷である。――十六歳のときの、あの惨めな恋と妊娠――中絶の思い出。そして退学……。

あの、嵐の中で振り回されるような日々は、昭子を、人生に臆病にさせるに充分であった。

固く閉ざしたその扉を、今、秀一郎がノックしている。

「そうだわ。——やってみれば」

どうということもないかもしれない。

秀一郎が結婚を申し込む。昭子がそれを受ける。

もちろん、秀一郎の家は猛反対するだろう。そうなれば、二人でどこかアパートに住んでもいい。

子供でも生れたら、両親だって、折れてくるかもしれない。——そんな風に結婚生活をスタートさせて、充分に幸せに暮している夫婦だって、いくらもいるのだ。

そう、やってみれば、どうということもないかもしれない……。

ゴーカートのコースは、遊園地の中を巡っている。——昭子は、コースが終りに近くなって、出発点が見えてくる辺りまで来ると、すっかり、浮き浮きした気分になっていた。

もう一回りぐらい、してもいいような気持である。

コースの片側は、ずっと金網と柵になっていて、歩いている人たちが見える。もちろん、向うも、コースを覗き込んでいるのだ。

直線コースに来た。昭子は、少し力をこめてアクセルを踏んだ。ぐんと加速するのが、体で感じられる。

さあ、これで颯爽とゴールインだわ!

昭子の視線が、一瞬、金網の外へ向いた。そこに、あの男がいた。

あの夜と同じように、ちょっと疲れたような、それでいて凶暴なものを漂わせて、金網越しに、昭子の乗るゴーカートを、じっと目で追っていた。

昭子は、その男に吸いつけられるように、目を離せなかった。アッという間に通り過ぎて、昭子は完全に後ろを振り向いていた。

ハンドルが、わずかに動いていたらしい。昭子は、傍の、積み重ねたゴムタイヤに、ゴーカートを突っ込ませてしまった。

ゴーカートは、大きくバウンドして、停った。

昭子は、体がスッと冷えていくような気がした。——もちろん、ぶつかったところで、大けがをするほどの危険はあるまいが、突然、現実に引き戻されたショックに、昭子は青ざめたのである。

秀一郎の乗ったゴーカートが、追いついて来た。すぐ前に停ると、

「大丈夫かい！」

と声をかける。

「ええ。——何ともないわ」

と、昭子は肯いた。「これ、どうしたらいいの？」

係員が走って来るのが見えた。もう、あと二十メートルほどしかないのだ。

「歩くわ。──すみません、これ、お願いします」

昭子は、地面に降り立った。少しめまいがした。

でも、歩けないほどではない。

出口のところで待っていると、すぐ秀一郎も出て来た。

「何ともない？　びっくりしたよ、後ろから見てて」

「ごめんなさい。ちょっと調子に乗って、よそ見をしてたものだから」

昭子は、微笑んで見せた。

「どこかで休もうか？　それとも外へ出る？」

「もう出ましょう。アパートに戻って休みたいわ」

「分った。じゃ、そうしよう」

秀一郎は、昭子の肩を抱いて、歩き出した。

昭子は、そっと、あの男の立っていた辺りへと目を向けた。──もう、そこには誰の姿もなかった。

あれは現実だったのだろうか？　それとも幻か？

どっちとも、確信できなかった。ただ、あれが昭子の「夢」を覚ましたことだけは、確かだった。

「遅いな……」

辻間京二は、苛々とテーブルを指で叩いていた。

もう、約束の時間を一時間近くも過ぎている。どうしたというんだろう？

今まで、こんなことはなかった。

場所は、いつもの同じ喫茶店である。間違えるわけはない。

「時間を聞き違えたのかな」

はっきり言ったはずだが、とは思ったが、辻間は、我慢できず、立ち上って、カウンターの赤電話の方へと歩いて行った。

ダイヤルを回して、少し待つと、

「八木原でございます」

と、千津の声。

ちょっと迷ったが、別に俺が女房の実家へ電話して悪いこともあるまい。

「辻間だよ。康代さんはいるかい？」

「康代様ですか？　さっきお出かけになりましたけど」

「そう。じゃいいよ」

「何か伝言でも――」

「いや、別に急ぎじゃないんだ」

と、辻間は言って、電話を切った。

席に戻りながら、あの小娘、何だかカンに触るな、と考えていた。

いつも、何だか馬鹿にされているような気がする。——まあ、こっちの気のせいだろうが。

しかし、あの娘は、こっちが、金庫の宝石を狙っていたことを知っている——少なくとも、金庫の鍵を、手に入れたがっていたことは分っているのだ。

用心する必要はあるな、と辻間は思った。しかし、何といったって、たかが十七、八の小娘だ。そう頭も回るまいが。

「さて、と——」

いつになったら来るのかな、と顔を上げたとき、店に、康代が入って来るのが見えた。

「——遅かったね」

と、辻間は言った。

どこか妙だ、と思ったのは、康代の目が、一向に辻間の方を見ようとしていなかったからであった。どことなく、焦点が定まらない感じなのである。

「話の方は分ってると思うけど」

と、辻間は軽い口調で言った。「また、ちょっと必要なんだ。今度はまとまった儲けになる」

康代が急に笑ったので、辻間は、びっくりした。

「どうしたんだ？」

「いつもあなたはそう言ってますね」

と、康代は言った。「でも、儲かったためしがないんでしょう」

「大きなお世話だ」

ムッとして、辻間は言った。「投資に危険はつきものだよ。危険なものほど、うまくいったときの利益も大きいものなんだ。——そうだな、三つ四つ、選んできてくれ」

「お断りです」

康代の言い方が、あまりアッサリしていたので、辻間は面食らった。

「何だって？」

「もうこれ以上、あんなことを続けていられませんわ」

辻間の顔がこわばった。

「そんなことが言えた立場か？　そっちが金のいるときは、俺が売り捌いてやってるんじゃないか！」

「半分も取って、でしょ」

「悪いか? それぐらい当り前だ。危い橋を渡ってるんだからな」

「ともかく、もうできません。これ以上、盗みは——」

「低い声で! 刑務所へ入りたいのか?」

辻間は身を乗り出した。「いいかい、俺たちは同罪だ。お互いに、もうどっぷりつかっちまってるんだよ。——今さらやめるわけにはいかない。そうだろ?」

「私にはできません」

と、康代は首を振った。

辻間が少し青ざめた。

「いい気になってると、後悔するぞ。あんたが何に金をつかってるか、知らないとでも思ってるのか?」

康代が、じっと辻間を見つめる。——辻間は、ちょっとたじろいだ。

康代の目に、どこかまともでないものを感じたからである。

が、それは一瞬のことだった。

「どういう意味ですか」

「分ってるはずだ。男に入れあげてるんだろう。それを、旦那に知られてもいいのか?」

康代は、大きく一つ息をついた。——そして、肩をすくめた。

「分りました」

「じゃ、持ってくるんだな？」

「ええ」

「最初から、素直にそう言えばいいのさ」

辻間はホッとした。内心、康代が、どうしても、承知しなかったら、と、びくびくものだったのである。

康代は、立ち上ると、

「じゃ、電話します」

と言った。

「来週までに頼むぜ」

辻間の言葉に返事もせず、康代は、足早に店を出て行ってしまった。

「何だ、あの女」

辻間は眉を寄せて呟いた。

どうも変だ。――いつもと様子が違う。

鈍い辻間がそう思ったのだ。もっと心配して然るべきだったが、大体、あまり頭を使うことが得意でない。

ともかく、また金が入るのだと思うと、そっちの方にばかり、心が向くのだった。

俺はついてないんだ。いつも、狙いが外れてしまう。

だが、今度こそ……。

もう、我ながら言い飽きたセリフだったが、他に言いようもなかった。

房子の方は、相も変らず、「買物病」にうつつを抜かしている。辻間と二人して、金を浪費する才能だけは、持ち合わせているのだ。

「もしもし、私――」

と、千津は言った。

「やあ、どうだ、様子は?」

男の声が、返ってきた。

「もう、熟してると思うわ。――充分にね」

「そうか。待つのも飽きたな」

「ええ、そうね」

「よし。次に進もうか」

「分ったわ。じゃ、また連絡するから」

千津は受話器を置いた。十円玉が戻る。

千津は、その十円玉を財布へしまいかけて、思い直したように、電話の傍に置いた。

　そして、ボックスを出ると、歩き出した。もういつもの、働き者の足取りになっていた。

第四章　風

1

そうか。

秀は、やっと思い出した。

「結婚したい」

秀一郎の奴、そんなことを言ってたっけ。

あれはもう——三か月くらい前のことになるだろう。やはり、この喫茶室で、その話をしたのだった。

秀一郎から、会いたいという電話があり、ここへ上って来て、やっと思い出したのだ。

秀一郎からも、あれきり話がない。もう諦めたのだろうか?

それなら、今日の話というのは、何だろう。――ともかく、あまり、聞いて楽しくなるとも思えない。

秀一郎がやって来た。相変らず、父親には笑顔も見せない。

「手っ取り早く言え。今、忙しい」

と、秀は言った。

その実、大した仕事もしてはいないのである。

「分ってるだろ」

と、秀一郎が言った。「結婚のことだよ」

「まだ言ってるのか！――今度は相手が違うとでも言うのか？」

秀は冗談めかして言った。しかし、息子の方は、にこりともしない。

「同じ娘さ。もう決心してるんだ。何と言われても一緒になる」

「待てよ。母さんがどういうか――」

「どう言おうと関係ない。僕は彼女と結婚する」

こいつは手強いな、と秀は思った。

秀一郎も、珍しく、頑固になっている。

「そうむきになるなよ」

と、秀は、少し下手に出ることにした。「なあ、これはお前のためだ。八木原の財産は、行く行くは俺が、そして、お前が継ぐことになる。一時のことで、それを捨てることにでもなりゃ、一生後悔するぞ」

「父さんとは違う。金なんか欲しくもないな」

秀はムッとして、怒鳴りつけたいのをこらえていた。

「——なあ、その女と結婚しなきゃならんはめにでもなったのか？　子供ができたのなら、始末する金ぐらい出してやる。手切れ金だって、たっぷり払うぞ。いくらだ？」

「やめてくれよ」

秀一郎は、頬を紅潮させた。「そんなんじゃないんだ」

「ともかく、八木原家にふさわしい女でなきゃ、話にならん。分ってるな」

「もういい」

秀一郎は、立ち上った。「僕は好きにするよ」

「おい！　勝手な真似は許さんぞ！」

秀は思わず怒鳴っていた。

秀一郎は、構わず、歩いて行ってしまう。

秀は、ムシャクシャして、水をガブ飲みし、むせ返った。

「千津さん」

亮子に呼ばれて、居間のソファのカバーを替えていた千津が振り返った。

「はい」

「ちょっと出かけてきてくれる？」

「どこでしょうか？」

「表に出れば分るわ」

「え？」

亮子は、ちょっと笑って、

「坂部良一さんよ」

と言った。

「まあ、あの人、来てるんですか？　仕事中なのに」

「私が呼んだの」

亮子は、ソファに座って、「ねえ、千津さん。あの人のこと、どう思ってるの？」

と訊いた。

「どうって思うほど、お付き合いしていませんもの」

千津はあっさりと言った。「それに私、まだ若いですし」

「それはそうね」

亮子は穏やかに笑って、「でも、ともかく男性とお付き合いしておくというのは、悪いことじゃありませんよ」

「奥様はもっと古い頭をお持ちかと思いましたわ」

「人を古い茶碗みたいに言わないで」

と、亮子は顔をしかめて見せた。「ともかく、その辺まで出て来てちょうだい」

「ご命令とあれば」

千津が大仰に頭を下げた。

行きかけた千津へ、

「千津さん」

と、亮子は声をかけた。

「何でしょうか？」

「このところ、康代さんの顔色があまり良くないようね」

亮子は、表情を曇らせていた。「秀とうまくいっていないのかしら」

千津はちょっと目を伏せがちにして、

「秀様はちょっと身勝手なところがおありですから」

と言ってから、「――すみません、私の口にすることではありませんでした」

「いいのよ。秀をわがままにしてしまったのは、私の責任ですからね」

千津は首を振って、

「もう秀様は子供ではないんですもの、いちいち奥様が気に病むことはないと思いますわ」

「それはそうね」

亮子は、苦笑した。「夫婦のことは、夫婦で解決しないと。なまじ親が口を出せば、こじれるだけですものね。――ごめんなさい。行けと言っておいて、引き止めてしまって。さあ。坂部さんを、あまり待たせないでちょうだい」

「行って参ります」

「ゆっくりしてきていいのよ」

亮子の言葉を後にして、千津は廊下へ出た。――ふと、疲れたような「重さ」が、千津の眉の間にかげを作った。

何となく考え込みながら、千津は台所の方へ歩いて行った。

――十分ほどで仕度をして、出てみると、道に車が停っていて、中で待ちくたびれたらしい坂部が居眠りをしている。

千津はクスッと笑って、窓ガラスをトントンと叩いた。

「警察です！」

と大声で怒鳴ると、坂部があわてて飛び起きる。

「君か！　びっくりさせるなよ」

と坂部は笑って言った。

「この車、どうしたの?」

「レンタカーさ。ドライブに誘おうと思ってね」

ドアを開けながら、坂部は大欠伸をした。「——さて、どこにする? 湘南か伊豆か、それとも九十九里?」

「駅前のスーパー」

と、千津は助手席に座って言った。「ちょうどよかったわ。トイレットペーパーとか、かさばる物を買いたかったの。車があれば運べるものね」

坂部はため息をついた。

「その後で食事ぐらいは付き合ってくれるんだろう?」

「私が夕食の仕度をしなかったら、あそこのお家はみんな飢え死によ。マクドナルドでハンバーガーぐらいなら食べてもいいわ」

「ロマンがないね」

坂部は車をスタートさせながら言った。

「現実にロマンなんかないわよ」

千津は、あっさりと言った。

——買物は、大いにはかどった。

普段、なかなか買って来れないような雑貨まで、次から次へと、坂部に車へ運ばせ、ごっそりと買い込んだのである。

「もうトランクと後ろの座席まで一杯だよ」

と坂部が息を切らして報告すると、

「じゃ、これくらいにしておこうかしら。後は夕食の分だわ」

「まだあるの？」

坂部は目を回しそうだった……。

買物の後、千津も多少気がひけたのか、マクドナルドから昇格して、一応レストランと名のつく店に入った。

「いいわ、冷凍食品は買ってないから」

と、席について、千津は言った。

「よく働くねえ」

坂部は呆れ顔である。「君はきっといい奥さんになるだろうな」

千津は何も言わなかった。

サンドイッチを取って、二人でつまむ。

「――迷惑かい？」

と、しばらくして坂部が言った。

「何が？」

「こうやって僕と会うことさ」

「面白くもないでしょ、私と会ってたって。ディスコに行くわけでもなし、六本木を歩くでもなし……」

「そこが君のユニークなところさ。時々、凄く大人だなと思うこともある。でも、時には急に子供っぽく見えたり……」

「やめといた方がいいわよ」

千津は軽く言った。「どこの馬の骨とも分らないのに」

「もう手遅れだ」

千津は坂部を見つめた。坂部の目は笑っていない。真剣だった。

「君が好きなんだ」

「そう思ってるだけよ。周囲を見回せば、もっとすてきな子がいくらもいるわ」

「でも、その子たちは君じゃない。僕は君にしか、興味がないんだ」

「少し頭を冷やしたら？　愛の告白なんて、小説か映画でしか通用しないわよ」

「そんなことはないと思うな。はたからどう見えようと、僕は真剣だ。笑われたって、僕には関係ない」

坂部はいつしか身を乗り出している。千津は、ふっと目を伏せた。

「あんまりむきにならないで。そういうの、苦手なのよ」

「――ごめん」

坂部は、ふっと我に返ったように、椅子に座り直した。

「まだ若いのよ、二人とも。もっと時間をかけなきゃ」

と、千津は言った。「やっと三か月くらいたったばかりじゃないの」

「うん、分ってる」

と、坂部は素直に肯いた。「ただ――希望は持ってていいんだね」

千津は、ちょっと苦笑いした。

「だめ、って言ったら、諦めるの？」

「あ、こいつは参ったなあ」

と、坂部は笑った。

坂部は、車の荷物を台所へと運び込んで、

「また電話するよ」

と、手を振って帰って行った。

一応、表まで出て、レンタカーが走り去るのを見送ると、千津はホッとため息をついた。

——台所へ戻って、買って来たものを、冷蔵庫へ入れたり、棚へしまう物を分けたりしていると、浴室の方で、何かが派手に倒れる音がした。

亮子の寝室には浴室が付いているのだが、もちろん千津などは使わない。下の小さな浴室を使っているのである。

「何かしら……」

千津は、浴室の戸を開けてみて、びっくりした。圭子が床にうずくまるようにして倒れているのだ。

顔色が、ひどく青い。

「圭子さん！　どうしたんですか！」

千津は、急いで、圭子を抱き起した。

圭子が目を開く。——ちょっとボンヤリしている様子だったが、千津に気付いて、

「ああ……どうしたのかしら、私……」

「分りませんよ。ここへ来たら倒れてらして——。立てますか？」

「ええ……。大丈夫よ、何とか——」

圭子はよろけながら立ち上った。

「危い！——二階まで上るの、無理かもしれませんよ。居間のソファに少し横になった方が——」

「そうね。——悪いわね、千津さん」

千津に支えられながら、居間に入った圭子は、ソファに横たわった。千津がクッションを持って来て、圭子の頭の下へ押し込む。

「貧血ですよ、きっと。しばらく横になっておられるといいわ」

千津は、圭子の額に手を当てた。「熱はないし。——お医者さんを呼びますか？」

「いいえ」

圭子は首を振った。そして、千津の手首をつかむと、

「千津さん——お願いよ」

と言った。

「何ですか？」

「分ってるの——きっと——間違いないのよ——きっと」

圭子の声は震えていた。涙が溢れてくる。

「どうしたんですか？　一体——」

「私——妊娠したらしいのよ」

千津が、ちょっと目を見開いた。

「きっと——あの晩だわ。他に考えられない……。でも——でも——彼は来なかったのに！」

圭子はしゃくり上げるように泣いた。

「じゃ、誰が――」

「分らないのよ！　どうしたらいいの？――私――」

千津は、哀れむような目で、圭子をじっと眺めていた。

大家の令嬢も、脆いものだった。どうしていいか分らないのだ。子供のように、現実には対応できないのである。

「ともかく、しっかりしなきゃだめですよ」

と、千津は、子供に言い聞かせるような口調で言った。

「私……死にたい……」

圭子が弱々しく呟く。

「世の中には、死にたくても、死ぬこともできない人がいくらでもいるんですよ。そんなぜいたく言っちゃいけません」

圭子が、そろそろと顔を上げて、千津を見た。

「――ぜいたく？」

「そうですよ。圭子さんは、今まで、何も問題になんかぶつかったことがなかったんでしょう。それくらいのことで死んでたら、人間なんて死に絶えちゃいますわ」

「驚いたわ……」

圭子は首を振った。「千津さんって、強いのね」

「そんなことより、実際的に考えるんですよ。――誰の子供かも分らない子を生むつもりですか?」

「いいえ!」

「だったら、ちゃんと病院へ行って、そういう処置をしてもらわなくちゃ」

「でも――母に分るわ」

「それぐらい仕方ありませんよ。どこかの、もぐりのところでやったら、危険です。勘当ぐらいされても、死ぬよりいいでしょう?」

圭子は涙に濡れた顔に、笑みを浮かべた。

「そうね。――死ぬよりいいわ」

「じゃあ、ちゃんと打ち明けるんですね。そうすれば、奥様が何もかもやって下さいますわ」

「そうね。――母に任せれば」

圭子は、ゆっくりと天井へ目を向けて、呟いた。

そこには、かすかな敗北感がにじんでいた。――母の手の中から、逃げ出すことのできなかった悔しさが。

しかし、奮起して、独り立ちするには、圭子はあまりに生活力がなかった。

結局――母の言うなりに、どうということもない男と結婚して、退屈な一生を送るのだろうか？

もう一つの痛みが、圭子の胸に、食い入ってきた……。

「――もうお寝(やす)みになりますか」

千津は、亮子が苛立っているのに気付いていた。珍しいことだ。

「寝るときは呼びます！」

きつい言葉が出た。

「申し訳ありません」

おとなしく頭を下げて、部屋を出ようとした千津へ、

「待って」

と、亮子は声をかけた。「ごめんなさいね、ちょっと……いやなことがあって」

深くため息をつく。

「あまりくよくよなさると、お体にさわります」

「そうね」

と、亮子は、口元に笑みを浮かべたが、それは寂しげな笑みだった。

「今日はお風呂はいかがいたしますか？」

「入りましょうか。――仕度してちょうだい」

「かしこまりました」

――大理石を貼った、広い浴槽にゆったりと浸って、亮子はやっと気分も良くなったようだった。

「圭子がね」

と、訊かれもしないのに口を開く。「とんでもないことになったのよ。――赤ちゃんができたとかで」

「まあ、そうですか」

「いくら訊いても、相手の名を言わないの。――心当りはない？」

「私はただのお手伝いですもの……」

千津は、亮子の肩を、浴槽の外から、ゆっくりとスポンジでさすった。

「そうね。ごめんなさい。あなたに訊いても仕方のないことだったわ」

「いいえ。でも――どうなさるんです？」

「お医者さんを捜さなくちゃね。あなた、私のよく知っている先生のところへ、ついて行ってやってくれる？」

「私が、ですか？」

「他に頼める人がいないのよ、電話はしておくから」

「私は構いませんけど……。圭子さんが、おいやでなければ」

「あれこれ言える立場じゃないでしょう、あの子は」

亮子は苦い口調で言った。「――あの子はしっかりしていると思っていたんだけどねえ……」

千津の、スポンジを滑らす手が、ちょっと止ったが、また、すぐ元の通りに、動き始めた。

2

辻間は、ポケットの中の鍵を確かめた。

大丈夫。忘れちゃ来なかった。

大体がボンヤリの辻間だが、やはり、金を受け取ることだけは忘れない。

コインロッカーの並んだ一角は、まだ午前中ということもあって、人の姿はない。

辻間は鍵を手に、ロッカーのナンバーを見ていった。つい、口笛が出る。

「――ここか」

辻間は、鍵を差し込んだ。カチリと音がして、鍵が開く。扉(とびら)を開けて、中の紙包みを――。

「あれ?」
と、思わず声が出た。
入っていないのだ。空である。
「妙だな……」
と、首をひねった。
こんなことは初めてだ。
康代の持ってきた宝石を、いつも売り捌いてくれる相手に渡した。金は、三日後に
ここに入れておいてくれるのだ。
ところが今日がその日なのに、何も入っていない。遅れたこともあるが、ちゃんと、
前の日に電話が入っていた。
おかしい。——つい、うっかりして、向うが連絡を忘れたのか?
「参ったな」
と、辻間は呟いた。
金が入るのをあてにして、女の子と待ち合せていた。ここ一年ほど、ちょくちょく
会っている女の子だ。
女子大生だが、遊び方をよく心得ていて、辻間としても、絶好の恋人だった。
仕方ない。——今日は急用ができたとでも言うか。明日には入るだろう。

肩をすくめて、ふと振り向いた辻間は、ちょっと、ギクリとした。コインロッカーの置いてあるスペースの入口を塞ぐように、二人の男が立っていたのだ。

一見して、やくざっぽい、乱暴そうな男たちである。辻間も、よく借金をして、この手の男たちに脅されたことがあるので、怖さを知っている。

「失礼」

早々に立ち去ろうと、わきをすり抜けようとしたとき、いきなり男の一人に胸ぐらをつかまれて、息が詰った。

「な、何だよ……」

「分ってるだろうよ」

男の声は低く、囁くようだった。「あんまり、人をなめた真似しやがると、ただじゃすまねえぞ」

「何の——ことだか——」

「分らねえのか?」

下腹に拳が食い込む。辻間は目のくらむような痛みで、声も出なかった。

よろけて、奥の壁にぶつかる。

「あんなまがい物をつかませやがって!」

まがい物だって? 何の話だ?

苦痛に体を折りながら、辻間は思った。――あの宝石が！　偽物だったのか？

「人を甘く見るんじゃねえぞ」

足を払われ、コンクリートの床に、いやというほど尻を打ちつける。

後はもう――悪夢のようだった。

殴られ蹴られ……。苦痛にのたうち回った。

いや、悪夢なら、覚めればケロリと痛みは消えようが、これは現実なのだ……。

辻間は床に這って、動けなかった。

「今度、あんな真似しやがったら、命は保証しないぜ」

男の声がずっと上の方から降ってくる感じだ。足音が遠ざかる。

辻間は、やっとの思いで、頭を上げた。

ひどいことしやがって……。

唇が切れて血が流れている。顎もヒリヒリしていた。

腹はまだ、熱い鉛でも飲んだように、激しい痛みでうずいている。――気が遠くなるかと思った。

誰かやって来たらしく、足音がすぐ近くで止った。

「いやだ――」

女の声である。

「浮浪者よ、きっと」

と、もう一つの声。「あっちのロッカーにしましょう」

逃げるように遠ざかって行く足音。——畜生め！

浮浪者だって？　人のことを……。

辻間は、やっとの思いで立ち上った。

よろけつつ、歩いて、やっと、洗面所へ辿りつく。水で顔を洗って、やっと、少し落ちついてきたが、まだ痛みはあちこちに残っていた。

——宝石が偽物だった。

康代の奴だ！　この間、様子がおかしいと思っていたが、やっぱり——。

「畜生……見てろよ」

と、辻間は呟いた。

青ざめているのは、痛みのためでなく、怒りのせいだった。

辻間のような人間は、カッとなると、先のことなど考えもせずに行動する傾向がある。衝動を抑えるということが、苦手なのだ。

よく考えれば、康代に、そんな精巧な偽物を作ることができるはずがないという点に思いが至るはずだが、冷静になるには、丸一日はかかる男だった。

「後悔させてやるぞ、あの女め」

と、ブツブツ言いながら、並んだ赤電話の一つに手を伸ばした。「そうだ。何番だったかな……」

片手で、手帳をめくっている。――秀の会社の番号を探しているのである。

秀は、昼食に出ようとビルのロビーへ歩いて来て、ちょっと目を見開いた。妻の康代が立っていたのである。

昼食に出る大勢の社員たちの中に、夫の姿を捜しているようだ。何か、ひどくあわてている。

秀は、面倒だった。康代とは口もききたくない。気付かないふりをして、別の出口の方へと向きを変えたが、

「部長」

と、部下の一人が声をかけてきた。「奥様がおいでですよ、あっちに」

このお節介め！　内心毒づきながら、

「そうかい？」

と、とぼけて見せる。「やあ、本当だ。何事かな。――ありがとう」

仕方なく、康代の方へと歩いて行く。

「あなた！　よかったわ、まだいらして」

と、康代が駆け寄って来る。

「どうしたんだ」

秀は、不機嫌に、周囲を見回して、「会社の連中の目があるんだ。あんまりここへは来るな」

「分ってるわ。でも——」

と、康代は声をひそめた。「秀一郎がいないの」

「いない？　大学だろう？」

「そうじゃないのよ。——これを見て」

康代が、ハンドバッグから、封筒を取り出した。

「何だ？」

「書き置きなの。家出したのよ」

と、康代は言った。

「家出だと？」

秀は目を丸くした。「——あいつが？」

「どうしたらいい？」

「待て。ともかく——」

他の社員に聞かれるのも、うまくない。

仕方なく、秀は康代を、あの喫茶室へと連れて行った。昼食時も、十二時半を過ぎる頃までは空いている。

「――困った奴だな」

秀は渋い顔で肯いた。「少し放っておこう。どうせ帰って来るさ」

「でも……家にいるのが堪えられない、と――」

「言うだけさ」

と秀は笑った。「あんな甘ったれた奴に、貧乏暮しなんて、三日ともつもんか！」

「でも、あなた……」

康代が言った。「あの子、結婚する、と書いてるわ。ご存知だったの？」

秀は不意をつかれた。

「うん――まあ――聞いちゃいたさ」

「どうして話して下さらなかったの？」

「俺は忙しいんだ！」

と、秀は不機嫌な声で言った。

「でも、息子の結婚問題なのに――」

「あいつはまだ学生だぞ！　そんなことが許せるか！」

康代は、ふっと疲れたようにため息をついた。

「じゃ、きっと、その相手の娘のところだわ。——何という子かご存知？」

「知らん。どうせ学生だろう」

「じゃ、捜しようがないじゃありませんか」

「だから、放っとけと言ってるんだ！」

秀は、誰かがそばに立っているのに気付いた。ウエイトレスだ。

「八木原部長、お電話が入っております」

「そうか」

仕事の電話など、いつもなら逃げ出すところだが、今は康代の話から逃げる方が先決だった。

カウンターの電話を取る。

「八木原だ」

「もしもし」

ひどく、こもった声だ。

「もしもし？　どなた？」

「八木原さんですね」

「そうだが」

「奥さんが浮気しているのをお知らせしますよ」

「何だって?」

「相手は下山って男です。訊いてみるんですね」

「おい、君は――もしもし?」

電話は切れていた。

康代の奴が浮気?　秀は振り返って、座っている康代を見つめた。

まさか!――しかし、「下山」という名も言っていた。

誰だろう、今の電話は?

どこかで聞いたことのあるような声だが……。秀は、ゆっくりと席に戻った。

「これから、どうします?」

康代が言った。

「ん?　何をどうするって?」

「秀一郎のことですよ。どこか興信所にでも頼んで、捜してもらいましょうか」

秀は、じっと康代を眺めていた。――こいつが他の男に抱かれていたって?

想像すると、ムカついてくる。

「興信所じゃ、都合が悪いんじゃないのか?」

「え?」

「お前の方が、だ」

「——何のことです？」

「下山って名を知ってるか？」

康代の顔から、血の気がひいた。——答えたも同じだ。

「やっぱりか」

秀の顔が歪んだ。「お前が浮気とはな。——物好きな男もいたもんだ！」

吐き捨てるように言った。

康代は目をそらした。

「どうした。——何か言ってみろ」

秀は残忍な笑みを浮かべた。「家へ帰れ。待ってるんだな、俺が帰るのを。思い切り、痛い目に遭わせてやる」

秀は、立ち上って、喫茶室を出た。

康代は、秀一郎の手紙を、いつしか手の中に握りつぶしていて、ハッとした。

「——お下げしてよろしいですか」

ウエイトレスの声に、

「どうぞ」

と返事をしているのは、どこかの別人のようだった。

ふらり、と立って、喫茶室を出て行く。無事に会社のビルを出たのが、不思議なくらいだった。

どうしよう。

昭子は、決心しなくてはならなかった。

秀一郎が、アパートへやって来ていたのである。

遅番で、お昼ごろ、そろそろ出かけようかと思っているところへ、秀一郎がやって来た。

「どこかに行くの？」

と訊いたのは、秀一郎が、ボストンバッグをさげていたからである。

「ここさ」

と秀一郎は言って、上り込んだ。

「秀一郎さん――」

「家を出て来た」

「何ですって？」

昭子は思わず訊き返していた。

「出て来たんだ」

くり返して、秀一郎はゴロリと横になった。

昭子は当惑した。

「いけないわ」

と言ったのは、ほとんど、無意識である。

「もう帰らない。決めたんだ。大学だってやめてもいい。明日から働く。君に食わせてもらったりしないよ」

秀一郎の言い方は、きっぱりとして、いつもの坊っちゃんめいた口のきき方とは、違っていた。

決心が固いことを、昭子も分っていた。

「だけど――」

昭子が傍に座ると、秀一郎はハッとするほどの勢いで起き上り、腕をつかんだ。

「もう離さない。――決めたんだ。頼むから、ついてきてくれ」

じっと見入ってくる秀一郎の眼差しに、昭子は逆らえなかった。

ゆっくりと肯く。秀一郎の腕に荒々しく抱きすくめられ、畳の上に押し倒された。

「待って――待って」

流れに身を任そうとする自分を、昭子は必死で止めた。「いけないわ。――こんな時間よ」

「そうだね」

秀一郎も、思い直したように笑った。「誰か入って来たりしたら大変だ」

「そうよ」

昭子も笑って、髪を直した。「――帰って来るまで待って。お仕事は休めないわ」

「そうか。今日は遅番だね」

「そうよ。でも十一時には戻るわ」

「分った。それから二人で夕飯を食べよう。僕が何か作るよ」

「やめてよ、材料のむだだわ」

「言ったな！」

秀一郎がまた笑った。

――あの笑顔を、ずっと見ていたい。

その誘惑が、昭子を捕えていた。

――店も、もうすぐ閉まる。

「もう閉店にしよう。ご苦労さん」

店の主人の言葉に、昭子は我に返った。

「はい。じゃ、すぐに――」

後片付け、シャッターを下すのも、いつもよりずっと手早い。

やはり、早く帰りたいのだ、と思った。あの人のところへ。

店を出て歩き出す。——少し風が強い夜だった。

どうなるのだろう?

今夜、おそらく、求められるままに、秀一郎に身を任せるに違いない、と昭子には分っていた。それが、昭子を怯えさせた。

過去を隠すつもりではなかったのだ。ただ、言いにくいので、後回しにしているうち、こんなことになってしまった。

だが、一度抱かれれば、分ってしまうことだ。——いっそ何もかも、その前に話してしまうか。それとも、成り行きに任せるか。

そう。彼だって、女の子を知っているはずだ。私が男を知っているからって、怒ったりはしないだろう。

だが、男というのが、往々にして利己的な動物であることを、昭子は知っていた。信頼してはいても、疑いが起るのは当然のことだ。

決めかねるままに、昭子はアパートの近くまで帰って来た。

暗い道で、不意に誰かに突き当りそうになって、びっくりした。

「あ、ごめんなさい」

と、よけようとして、相手が前を遮っているのに気付いた。「——どいて下さい」

と、強い口調で言う。

「そうはいかないね」

あの声だ。昭子の顔から血の気がひいた。

「――ちゃんと言っておいたろう。どうなっても知らないぜ、と」

「私は……」

「言い訳なんかむだだな。もう遅すぎるよ」

男が迫って来る。

昭子は振り向いて逃げようとした。――二つの影が、立ちはだかっていた。

「助けて――」

声を上げようとした、昭子の口を、大きな手が塞いだ。

3

秀一郎は、ついウトウトしていた。

ハッと目を覚ますと、時計の方へ目をやる。――もう十二時だ。

見回すほどの広さもない。昭子は帰っていなかった。

どうしたのかな。

欠伸をしながら、秀一郎は立ち上った。

しかし、ともかく決心したのだ。やり通すしかない。

不安はあった。――ともかく、働くということを知らないのだ。

しかし、できないことはない。そうとも。誰だって、やっていることなのだ。

昭子と二人なら、何とかなる。

何とか。――この考えそのものが、甘いのかもしれない。

しかし、若さというのは、どれだって「甘い」のである。ただ、それを「若さ」そのものが補っているから、何とか成り立っていくのだ。

秀一郎は、昭子に会って、初めて、自分の内に漲る若さを感じた。働くことなど、面倒でたまらなかったそれまでとは、全く違っていた。

昭子のためなら、辛いことでも、いやなことでも辛抱しようという気になった。

もちろん、現実にぶつかったときどうなるか、不安はある。しかし、ともかく、やってみたい、と思ったのだ。

その始まりが、今夜である。

玄関のドアの外で、音がした。

「帰ったの？」

秀一郎は、玄関のドアを開けた。

昭子が、よろけるように入って来た。――秀一郎は、しばらく動けなかった。

服を引き裂かれ、胸をむき出しにした昭子は、裸足のまま歩いて来たらしかった。上り込むと、その場に、うずくまるように座り込んで、動けなくなった。

顔は涙と泥で汚れていた。髪にも泥がこびりついている。頰には引っかき傷があった。

さらけ出された白い胸にも、足の太腿（ふともも）にも、こすれたような傷が走って、血がにじんでいる。

「——どうしたんだ？」

秀一郎は、やっと我に返った。「昭子……」

「あなたの……お父さんに頼まれた、と言って……」

切れ切れの言葉から、昭子は一気に泣き崩れた。

秀一郎の顔は真青だった。体が震えている。

親父の奴……。畜生！

秀一郎は立ち上った。

「秀は帰ったの？」

と、亮子が訊いた。

「はい」

千津は、答えて、「もう夜中です。お寝みにならないと――」

「眠れないのよ」

亮子は、広いベッドの中で、ため息をついた。「――秀一郎から連絡はないの?」

「はい、今のところは」

千津はそう言って、「でも、もう大学生でいらっしゃるんですから、そうご心配なさらなくても――」

「そうね。そうは思うんだけど……」

亮子は肯いた。「こんなことになるなんてね。――秀は父親のくせに、何をしていたのかしら」

千津は何も言わなかった。

亮子は、ひどく疲れて見える。――孫の家出は、大きなショックだったのであろう。

「もう一時ですわ」

と、千津が言った。「明りを消しましょうか」

「そうね。――その前に、秀を呼んで。一度話を聞きたいわ」

「お疲れですよ。明日になさったらいかがですか?」

「今、会いたいの」

穏やかだが、譲らない言葉である。

「分りました。お呼びして来ます」

千津は廊下へ出た。

秀と康代の寝室の方へと歩いて行く。——そのとき、声が耳に入った。

悲鳴だった。叫び声と、泣き声。

千津は走った。秀たちの部屋だ。

ドアを叩いて、

「どうなさったんですか！」

と呼びかけた。

「あっちへ行ってろ！」

秀が怒鳴り返してくる。

ドアは、鍵がかかっていた。——パシッ、という音、何かが倒れる音、そして、康代の叫び声——。

千津はドアから退がった。青ざめていた。

「この恥知らず！」

という秀の怒声が、ドアを通して聞こえてくる。殴っている音が、立て続けに聞こえた。

「何事？」

　圭子が、部屋からパジャマ姿で出て来た。

「分りません。中で……」

「ただごとじゃないわね。——お兄さん！　開けて」

と、圭子がドアを叩いたが、全く返事はなかった。

ただ、泣く声が洩れてくる。

「どうしたの？」

　千津は驚いて振り向いた。亮子がやって来る。

「奥様！　寝ていらっしゃらなくては——」

「あの声は？　康代さん？」

「はい。——でも、ドアを開けて下さらないんです」

　亮子は、ドアを叩いた。

「秀！　開けなさい！——秀！　すぐ開けて！」

　少し間があった。そしてドアが開いた。

　秀が真赤な顔で、息を切らしながら立っていた。ワイシャツの前をはだけて、汗をかいている。

「お前、何をしているの？」

　亮子は目を見開いて言った。

「康代の奴、浮気してたんだ。――ふざけた奴だよ、全く！」

「どきなさい」

亮子は中へ入った。

康代が床に這っていた。鼻血で顔が汚れている。口元、目の周りにも、あざができていた。腹を押えて、苦しげに喘いでいる。

「何てこと！」

亮子は、頬を紅潮させた。「千津さん！　康代さんをベッドに」

「はい」

「放っとけ！」

と、秀が怒鳴った。「外へ叩き出してやるところだ！」

「やめなさい」

亮子が厳しい口調で言った。

千津が、康代をかかえるようにして、ベッドへ寝かせると、亮子は傍へ寄って、

「康代さん……。ひどい傷ね。――千津さん、お医者様を」

「はい」

「いいんです――」

と、康代がかすれた声で言った。「私、本当に――」

「あなたのしたことはしたことよ。でも、殴って解決することじゃありません」

亮子は、秀の方をにらんだ。秀が、少し首をすぼめて、小さくなっている。

「秀、お前にも責任があるのよ」

「何だって？　母さん――」

「お前は勝手すぎるよ。お前の女遊びを私が知らないと思っているの？」

秀はぐっと詰った。

「それは――男には、そういうときがあるんだよ」

「ともかく、これ以上、康代さんに暴力を振うことは許しませんよ」

亮子はピシリと言った。「お前は下へ行って、寝なさい」

秀は不満げに何か言おうとしたが、ヒョイと肩をすくめ、部屋を出ようとした。

その前に、秀一郎が立った。

秀は、ちょっと面食らった。

「お前か。何だ、戻って来たのか」

「そうとも！」

秀一郎は声を震わせていた。「父さんの希望通りだ！」

――信じられないようなことが起きた。

秀一郎が、ナイフをつかんで、父親を刺したのである。

白く光る刃が、秀の、せり出た腹に吸い込まれるように突き立った。秀が呻く。よろけて、床に膝をつく。血が流れ始めた。

「兄さん！」

圭子が悲鳴を上げた。

「秀！」

亮子が立ちすくんだ。千津が駆け寄る。秀はゆっくりと横に倒れた。

「救急車を！　早く！」

千津は、秀の腹からナイフを抜き取って、投げ捨てると、傷口を手で押えた。「圭子さん！　早く一一九番へ！」

圭子が、やっと我に返って、廊下の電話に向って駆け出した。

亮子は、胸に手を当てて、目を閉じた。秀一郎は、自分のしたことがやっと分った、という様子で、よろけて、椅子の一つにストンと腰をおろした。

秀は苦しげに喘いでいる。

「大丈夫ですよ」

と、千津が声をかけた。「急所は外れてますからね。大丈夫、助かりますよ」

秀は、ただ苦しそうに呻くだけだった。

「――失礼します」

佐伯が、部屋の入口で頭を下げた。

「入って」

亮子は、窓辺の、光の中に座っていた。明るい、穏やかな日だった。亮子の傍に、千津が立っている。

「秀さんの容態について、医者に訊いてきましたよ」

佐伯は言った。「傷が深いので、かなり時間はかかるということでした」

「それは仕方ないわね」

と、亮子は肯いた。「命さえ助かれば、あの子にはいい経験でしょう」

「厳しいですな」

と、佐伯は苦笑した。

「それより、秀一郎の方が心配です。どんな様子？」

「できるだけのことはします」

と、佐伯が書類をめくって、「まずこれ以上は望めないという弁護士を頼んであります。僕の力ではとても及びませんから」

「ありがとう」

「ただ――」

と、佐伯が、ちょっと困惑したように言った。「困ったことに、秀一郎君が、黙りこくっているんです」

「というと？」

「なぜ父親を刺したのか、いくら訊いても言わないんですよ」

「結婚に反対されたからでしょう。——でも、ちょっとそれだけで刺すというのもね」

亮子は自分で言いながら、肯いた。

「そうなんです。何かあったんじゃないかと思いますが、いくら訊いても、秀一郎君はしゃべろうとしません」

「困った子ね」

と、亮子はため息をついた。

「動機もはっきりしないのでは、弁護士の方も困るでしょう。奥様から、何とか説得していただければ、と思いますが……」

「それは無理です！」

急に千津が強い口調で割り込んだので、佐伯はびっくりしたように目を開いた。

「——奥様はこのところあまり具合が良くありません。とても、そんなところへ出かけて行くなんて——」

「いや、手紙を書いて下さってもいいですよ。僕から弁護士を通して、届けてもらいますから」

「孫のことですからね。やりますよ。天気さえ良ければ、会いに行くぐらいのこともできるし」

「奥様――」

千津が言いかけるのを、亮子は、その手を軽く叩いて、押えた。

「いいのよ。心配してくれてありがとう」

佐伯は、椅子の一つに腰をおろした。

「次から次で申し訳ないんですが」

「何かしら？」

「秀さんです。康代さんと離婚すると言い張ってますよ」

亮子は首を振って、

「呆れた子ね」

と、呟くように言った。「あんな目に遭って、まだ目が覚めないのかしら」

「ともかく、一方的に離婚訴訟を起す、とおっしゃって。――僕に手続きをしろということなんですが、どうしましょうか？」

「許しません」

と、亮子がきっぱり言った。「康代さんはもう、その償いはしたはずですよ。——家の名誉だの誇りだのより、人の心の方が大切です」

「分りました」

「もし、康代さんが別れたいと言うのなら、私も考えますけど、そうでない限り、秀の言うことは無視しておいて構いません」

「かしこまりました」

と、佐伯は、万年筆を出してメモを取った。

「——他にも何かありますか？」

亮子が訊くと、佐伯は言いにくそうにためらっていたが、

「実は——今、こんなことをお耳に入れるのは心苦しいんですが——」

と言い出した。

「奥様、もうお疲れですわ」

と、千津が言った。「また明日になさった方が——」

佐伯が当惑したように千津を見た。

「大丈夫よ」

亮子は微笑んで、「一度に片付けてしまった方が楽だわ。佐伯さん、話して下さいな」

「はあ」

佐伯は座り直した。「実は、このところ、妙な噂が流れていまして」

「どんなことですか？」

「宝石です」

「宝石が――」

「こちらの宝石が売りに出ている、と」

「何ですって？」

亮子は訊き返した。

「もちろん、ご存知ないでしょうね」

「知りません。そんなこと、あり得ないことだわ」

「僕もそう思います。しかし――どうも、正規でない、裏の方のルートで流れているようなんです。それがいくつか、宝石商の手に入っているということでして」

「それはどういうこと？　盗品、ということですか」

「その可能性はあります。もちろん、何かの間違いということもあり得ますが、実は、こちらに出入りしている業者が、そう言っているので、やはり確かめた方が……。最近、宝石をご覧になっていますか？」

「いいえ」

亮子の顔に不安の陰が走った。「でも、鍵は、いつも身につけているんですよ」

「ちょっと開けてみて下さいますか。何でもないと分れば安心でしょう」

「そうね。――いいでしょう」

亮子は、立ち上りかけて、思い直したように、「千津さん、これで――金庫を開けてちょうだい」

と、鍵の通してある腕輪を、千津へ預けた。

千津は、黙って、鍵を受け取ると、金庫のある戸棚の方へと歩いて行った。


康代は、そっとドアを閉めた。

亮子の部屋のドアを、細く開けて、話を聞いていたのである。――亮子が、秀の、離婚したいという希望をはねつけたときは、涙が出た。

その亮子に対して、自分は何ということをしてきたのだろう。

千津が戸棚を開ける音がしたのを聞いて、康代はドアを閉めたのである。

来るべき時が来たのだ。いつか、当然こうなることは分っていた。

そう。――あんまりのんびりしてはいられない。

康代は、急いで部屋に戻った。

洗面台は、各部屋についている。その鏡を開けると、中から、剃刀を取り出した。

ゆっくり鏡を元の通りに閉じて、自分の顔に見入る。

「――馬鹿な女ね」

と、ポツリと呟いた。

秀一郎のことも気になったが、しかし、亮子が健在でいる間は、大丈夫だろう。夫は、たとえ傷が回復しても、相変らずあの通りだろう。康代がいなくなれば、喜んで若い後妻をもらうに違いない。

人間というものは、そんなに変るものじゃないのだから……。

下山も、もう金づるがなくなるわけだ。

そう思うと愉快だった。散々人を苦しめたのだ。少しは、自分も苦しめばいい。

今ごろは、金庫が開かれ、中のケースから宝石がなくなっているのが発見されているだろう。

誰に盗めたか？　考えてみれば、簡単に分る。

康代が時々、千津に代って亮子を風呂に入れていた。――千津以外に、そんな機会があったのは、自分だけだ。

もういい。今さら、隠すつもりもなかった。

これで、何もかも決着がつくと思えば、却って、気も楽だった。

きっと、もう亮子には犯人が分っている。

「康代さんを呼びなさい」

と、千津に言いつけているだろう。

千津が、こっちへ歩いて来る。そして、ドアを叩いて、

「康代様。奥様がお呼びですよ——」

と、声をかける……。

ドアを叩く音で、康代はハッとした。

左の袖をまくり上げて、手首をむき出しにする。

白い手首に、赤と青の血管が、浮き出ている。——またドアを叩く音がした。

「康代様」

千津の声だ。

そうだわ、あの子にもお礼を言いたかった。でも、もう時間がない。

「康代様。——おいでですか?」

康代は、大きく一つ深呼吸をした。ドアは鍵をかけてある。

そう簡単には、入って来られまい。康代の血が流れ出して、覚めることのない眠りに入るのには、充分な時間があろう。

「康代様、開けて下さい!」

鍵がかかっているのに気付いて、千津が声を高くした。

康代は、剃刀の鋭い刃を、しっかりと左の手首に押し当て、一気に引いた。

4

「お出かけになるんですか」

と、千津は声をかけた。

圭子は、玄関のドアを開けたところで、振り返った。——冷たい風が吹き込んで来て、ホールを駆け巡った。

「千津さん……」

圭子は、ボストンバッグを左手にさげていた。

「出て行かれるんですか」

「そう……。私なんか、この家にいたって、何の役にも立たないわ」

圭子は、足もとに、視線を落として言った。

「子供は、役に立つために家にいるわけじゃありませんよ」

と千津は静かに言った。「今、奥様はひとりぼっちです。こんなときこそ、いてあげて下さらなくては」

圭子は、千津の言葉に、胸を抉られる思いだった。

でも——でも、いやだ。もう、こんな家にはいたくない。

「どこへ行かれるんですか」

千津が訊いた。圭子は肩をすくめて、

「分らないわ」

と言った。「ともかく、どこかへ行きたいのよ」

「『どこかへ行きたい』病ですね」

と、千津は皮肉な笑みを見せた。「誰だって、そう思ってるんです。でも、したいことが何でもできるのは、幸せな人たちなんですよ」

「お説教なんか聞きたくないわ!」

圭子は烈しく言い返して、それから、肩を落とした。「ごめんなさい。——ともかく、一人になりたいの」

「じゃ、どうぞ。私はただの使用人です。お引き止めするわけにはいきませんわ」

圭子は、玄関から一歩踏み出して、振り向いた。

「落ち着いたら、連絡するわ」

「かしこまりました」

「母をお願いね」

圭子は、逃げるように、ドアを閉めて、歩き出していた。

どこへ行くのか？　あてはなかった。

ただ、この寒々とした広い家には、いたくなかったのである。

何もかも、過去を振り切ってしまいたかった。——あらゆる過去を。

そんなことができるものなのかどうか、圭子は考えなかった。考えたくなかった。

自分には、ただ逃げ出すことしかできないのだと、認めたくなかったのかもしれない……。


亮子の部屋のドアを開けて、千津は驚いた。風が吹きつけて来たのだ。

「奥様！」

千津は、あわてて、開け放された窓に走った。大きくはためくカーテンをわきへ押しやりながら、何とか窓を閉める。

風が、ピタリと止った。

亮子は、風の吹きつける真正面に、座っていた。顔色は青白かったが、表情はいつものように、穏やかだった。

「どうしたんですか！」

千津は息をついた。「呼んで下さればよかったのに」

「私が開けたのよ」

と、亮子は言った。

千津は、目を見開いた。

「風邪をひかれたら、どうするんです？」

亮子は黙って微笑んだ。――弱々しい笑顔だった。

「圭子は出て行ったの？」

千津は、ちょっと詰って、

「ええ――あの――どこか、短い旅行に出て来るとおっしゃって――」

「いいのよ。分っているわ」

亮子は肯いた。「これで、みんないなくなった……」

「みんな、だなんて！――秀様も退院して来られますし、秀一郎さんだって……。それに、房子様は――」

「みんなこの家には戻らないでしょうよ」

と、亮子は言った。

深く息をついて、亮子は、独り言のように続けた。

「康代さんが亡くなって、秀は自分の子供に刺される。圭子は誰が父親か分らない子供を宿して、家を出る……。秀一郎は親を刺して、房子の夫は逮捕される。――どうしてこんなことになってしまったのかしらね……」

千津は、黙って、目を伏せた。

「私のしたことは何だったのかしら?」

と、亮子は言った。「子供たちを愛してきたつもりだった。でも……ただ、風が強いからと言って、窓を閉めてやることしか、しなかったのよ。風が当らないように、閉じ込めてしまうことしか……。だから、みんな風がどんなものかも知らずに大人になってしまったんだわ」

千津は、亮子の肩に、ショールをかけてやった。

「ありがとう。——あなたがいなくなったら、どうしていいか分らない……」

「そんなこと——」

千津は、低い声で呟いた。「お疲れなんですよ。お寝みになった方が……」

「大丈夫。もう少し起きているわ」

「でも——」

「心配しないで」

肩に置かれた千津の手に、亮子はそっと手を重ねた。その手は、ハッとするほど弱々しかった。

「長生きし過ぎたと感じるのは、辛いものだわね」

亮子が静かに言った。

千津は、窓の外へと目を向けた。やがて黄昏(たそが)れてくる、ほの暗い窓に、自分の顔が、うっすらと映じていた。

「――奥様」

と千津は言った。

「なに？」

「申し訳ありませんけど、ちょっと出かけて来ていいでしょうか」

「もう夜になるわよ」

「分ってます。遅くならないうちに戻るようにしますから」

「それなら行ってらっしゃい。私のことなら大丈夫だから」

「すみません」

千津は頭を下げると、亮子の寝室を出て、歩いて行った。


千津は、夜の町を、ゆっくりと歩いていた。凪は一向に弱くならない。

途中、小さなスナックがあって、ふらりと入った。

「水割りね」

と、カウンターに座る。

千津には、不思議に成功の充実感がなかった。

いつもは運一つで商売をして、そのスリルを楽しんでいたが、そのうちに、何か大きな仕事がしたくなった。そして、彼と知り合ったのである。

計画通りに事は運んだ。

一番大変なのは、千津が、亮子の信頼を得ることだったが、それにも成功した。もっとも、そのための努力は、並大抵のものではなかった。

そして、充分に、その苦労は報いられるはずである。

しかし……。

千津の胸は、もう一つすっきりしなかったのだ。

千津はグラスをあけると、代金を払って、スナックを出た。

タクシーを拾う。――まだいるかしら？

たぶんいるだろう。何しろよく働く男なのだから。

千津は、十五分ほど乗って、タクシーを降りた。

まだ明りが点いている。――やっぱりいるのだ。

ドアを押して入って行くと、ちょうど背を向けていた男が、振り返る。

「やあ、どうした？」

と、佐伯が訊いた。

「話があるの」

「そうか。ちょうどよかった。これからのことを相談してたところだ」

千津は、もう一人の男がソファに座っているのに気付いた。——下山である。

「しかし、うまくいったもんだな」

と、佐伯は言った。「これで、あの家の財産はほとんど圭子が継ぐ。あの婆さんが死んだら、こっちは女房と別れて、圭子と結婚するさ」

「そううまくいく?」

と、千津は一人、離れたソファに座った。

ここは佐伯の事務所である。

下山は、一人で、ウイスキーのグラスをあけていた。

「もういってる」

と、佐伯は言った。「あの婆さん、遺言状を書き直したいと言ってきた」

「そうなの」

と、千津が肯く。

「どうした、いやに元気がないな」

千津はタバコを一本取って、火を点けた。

「いやになったのよ」

「何が?」

「あの人を騙すのが。——見ていて辛いわ」

佐伯は、声を上げて笑った。

「また、ずいぶんしおらしいことを言い出すじゃないか」

「からかわないで。本気よ」

と、千津は佐伯をにらんだ。

「分った、分った」

佐伯は、なだめようとするかのように、千津の肩を抱いた。千津がスルリと逃れる。

「——お金持なんて大嫌いだったけど、あんな人もいるんだ、と初めて知ったわ」

「だからって、今さら、どうしようもないだろう」

と佐伯が肩をすくめる。

「あの人、もう長くないわ」

千津の言葉に佐伯が目を見開いて、

「本当か？」

と訊いた。

「生きる張りを失くしてるからよ。それを奪ったのは、私たちだわ」

「仕方ないだろう。どうせあと三十年は生きられない。あの年齢で三か月も三十年も同じようなもんだ」

「私たち、人は殺さない、と言ったわね」

「ああ、殺してないぜ。間違えるなよ。康代は勝手に死んだんだ」

「そのことを言ってるんじゃないわ」

と、千津は言った。「私たちは、あの人を殺そうとしてる」

「おい、どうしちまったんだ？」

「どうもしないわ」

と、千津は、天井を見上げた。「――あの人が好きなのよ」

「あの婆さんがか？」

「心のきれいな人だわ」

佐伯は笑った。

「心のきれいな人か。――確かに、あの婆さんはお人好しだ。でもな、俺に今の女房を押しつけたのも、あいつだぞ」

「断りゃよかったのよ」

と、千津は言い返した。「それが、お客ほしさに言うことを聞いたくせに！」

佐伯が真顔になった。

「いい加減にしとけ。調子に乗るなよ」

「私は正直に話してるだけよ」

「人のことが言えるのか？　女中に行っちゃ、そこの金目のものを盗んでたのは誰だ？　俺が助けてやらなきゃ――」

「分ってるわ」

と、千津は言った。「何でも言う通りにしてきたでしょう。私だって、あそこの甘えん坊たちなんかどうなろうと気にならないわ。でも、あの人を死に追いやることだけは、やめてほしいのよ」

「なぜだ？」

「あの人を死なせれば、あなたは本当に人でなしになるわ」

「おい、よく考えろ」

と、佐伯は言った。「そりゃ、こっちは、色々とお膳立てはしたぜ。下山を仲間に入れたり、秀一郎の女を襲わせたりな」

「あそこまでやることはなかったわ。あんなのは獣のやることよ」

千津は激しい口調で言った。

「しかし、悪いのは当人たちだ。分るか？　秀一郎も、父親を刺す必要はなかった。康代だって、下山の誘惑を振り切ればよかったんだ。ただ勝手にのめり込んでいって、身を滅した。――それは俺たちのせいじゃないさ」

「こじつけだわ」

と、千津は言った。「康代さんだって、私たちが死へ追い込んだのよ」

「そんなことまで考えてたら、生きのびていかれないぜ」

と、千津は首を振った。「お金があって、遊んで暮せて、その結果は？――秀みたいな人間になるのよ」

「しかし、それでも金はほしいね」

と、佐伯は言った。

「はっきりさせればいいさ」

と、下山が立ち上った。

「何を？」

と、千津が振り向く。

「人殺しか？　その通り、これからが本番なんだ」

と下山は言った。

「おい、やめとけ」

「こんな小娘にやかましく言われて頭にこないのか？」

千津は、下山を無視して、佐伯を真直ぐに見つめた。

「どういう意味なの？」

　佐伯は、考え込むように目をそらした。

「俺が教えてやるよ」

と、下山が言った。「その圭子って女が、財産を相続する。佐伯はその亭主になる。圭子が死ねば、財産は亭主の懐に――」

「待ってよ」

　千津は愕然とした。「まさか――そんなことまでするつもりなの？」

「もう、女房にはうんざりだからね」

と、佐伯はちょっと肩をすくめて、言った。「圭子だって、結婚すりゃ同じことさ。またあの婆さんみたいになっていくのは目に見えてる」

「だからって――」

「死ぬのを待ってたら、こっちが爺さんだ。金ができても、使えないんじゃ仕方あるまい」

　千津は、顔をこわばらせ、

「だめよ、そんなことさせない！」

と言った。

「どうするんだ？」

　下山が笑いながら、「どうやって止める？」

「あの人に教えてあげるわ。全部の真相を」

「やめとけよ」

と下山が首を振った。

「そうだ。君だってただじゃ済まなくなるんだぞ」

「いいわよ。別に、慣れてるもの」

下山が、千津の腕をつかんで凄味のきいた声で言った。

「そうはさせないぞ」

「手を離してよ」

と、千津は冷ややかに言った。

「どうする？」

下山が、佐伯を見た。

「少し頭を冷やせば、よく分ってくれると思うがね」

「いいえ、止めてもむだよ」

と、千津は強引に歩き出した。

下山が、素早く前に回って身構える。千津は足を止めた。

「下山は凶暴だぞ。殺しちまうかもしれない。やめておくんだね」

と、佐伯は言った。「――じゃ、僕はちょっと仕事の約束があるので出かける」

「どうするんだ、この娘？」

と下山が訊いた。

「戻ってからゆっくりもう一度話してみるさ。それまで見ていてくれ」

佐伯は、鞄を手に、事務所を出て行った。

千津は、下山を無視して立っていた。

「座れ」

と下山が言った。

千津は動かなかった。

「座れ」

下山はもう一度言った。

千津は動かない。——下山がいきなり千津の頬を平手で打った。

千津は、佐伯のデスクまで、吹っ飛ぶようによろけて、その上に覆いかぶさるようにして、やっと止った。

「甘くみるなよ」

と、下山は言った。「俺は佐伯ほど甘くないぞ」

千津は、やっとの思いで体を起した。

目が回った。口の端が切れて血が出ている。打たれた頬が、燃えるように痛い。

「お前みたいな生意気な女が大嫌いなんだ」

下山は千津の髪をわしづかみにして引っ張った。千津が悲鳴を上げて、床に倒れる。デスクの上の品物が払いのけられるように一緒に落ちた。

「少しはおとなしくなったか」

下山は、千津を見下ろして、笑った。

千津は、やっと起き上って、下山を見上げた。

「どうだ。おとなしくしてるか？」

千津は肯いた。

「よし。立って、あっちの椅子へ座るんだ」

下山が、椅子の一つへ目をやった。

千津は、よろけながら立ち上った。

「ぐずぐずするな！」

下山が千津の肩へ手をかける。

千津は、床でつかんでいた、鋭く光ったペーパーナイフを握りしめて向き直った。

「おい――」

下山も、不意のことで、どうにも動けなかった。

千津はナイフを構えて、下山にぶつかって行った。下山が、呻く。

二、三歩後ずさると、下山の腹に突き立ったナイフが見えて、千津はゾッとした。
下山は、苦悶の表情で、床に崩れた。

千津は、肩で息をしながら、しばらくその場に突っ立っていた。

――どれくらいそうしていたのか。一分か、十分か。

ともかく、気が付くと、両手に血がついている。千津は、事務所の奥のトイレに行って手を洗った。

顔も洗ってみると、頬がひりひりと痛んだが、気持良かった。

千津は、鏡の中の自分に見入った。

「馬鹿ね、あんたは」

と呟く。「でも――仕方ない。これ以外に方法がなかったんだわ」

千津は、事務所の中へ戻るとデスクの電話を取った。

プッシュホンのボタンを押すと、待つほどもなく、向うが出た。

「八木原です」

「圭子さん！」

千津は思わず声を上げていた。「帰ってらしたんですか？」

「千津さん？　よかったわ。いえ――あの後、あなたに言われたことを思い出して、何だか恥ずかしくなって……」

「ともかく、帰られたんですね。もう出て行きませんね」

千津は、自分でも不思議なほど、胸が躍っていた。「約束して下さい。もう、奥様のそばを離れない、って」

「ええ、約束するわ」

圭子は、ちょっと笑った。「一体どうしたの？　何だか変よ」

「私、もうそちらへ帰りません」

と、千津は言った。

「え？　千津さん、何て言ったの？」

「聞いて下さい。私、今、佐伯さんの事務所にいます」

「佐伯さんの？」

「あなたには辛いことかもしれないけど、聞いて下さい」

千津は、佐伯の計画と、自分たちのしてきたことを手短に説明した。――圭子の方は、ただ唖然（あぜん）としているのか、声もなかった。

「――分りましたか？」

「ええ。でも……信じられないわ」

「事実なんです。佐伯の言うことを信じないように。いいですね？」

「分ったわ」

「康代様の愛人だった下山という男からたぐっていけば、何もかも分ります。後は警察の仕事になりますわ。今の話をしてやって下さい。宝石の売り捌きにも、佐伯は関係していますし、秀一郎さんの恋人を襲わせたのも佐伯です」

「私……そんな男に……」

圭子は絶句した。

「圭子さんは子供みたいなものですわ、佐伯から見れば。――奥様には、本当のことを知らせない方がいいかもしれませんね」

「どうかしら?」

「圭子さんが決めて下さい。あなたのお母様なんですから」

「そうね。――分ったわ。私が決めます」

圭子は、はっきりと言った。

「騙していて、すみませんでした」

「そんなこと……。あなたはいい人だったわ、本当に」

「奥様に、ちょっと代っていただけますか?」

「待って、切り替えるわ」

千津は、受話器を一旦耳から離し、倒れた下山の方へ目をやった。が――下山の姿はなかった。

千津がハッとした。

そのとき、斜め後ろから、下山が襲って来た。振り向きかけた千津のわき腹へ、ナイフが食い込んだ。

千津は、ナイフを刺されたまま、ゆっくりと体を起して下山を見た。下山が後ずさる。立っているのがやっとという様子だ。

千津はわき腹に突き刺さったナイフの柄をつかむと、抜き取りざま、下山の喉を横に払った。

下山が、短く声を上げ、喉を押えて、倒れた。ナイフはそのまま、千津の手を離れて、飛んで行った。

傷口から血が溢れ出てきた。千津は、椅子を引き寄せると、そこへ体を落とした。左手で押えた傷口からの血は止まらなかった。

「もしもし……もしもし……」

どこかで声がする。——そうだった。

千津は、右手をのばして、机の上に投げ出してあった受話器を取った。少し呼吸を整えて、

「もしもし、千津です」

と、できるだけ、いつもの声で言った。「すみませんけど……今夜は帰れそうもな

くて……」

鋭い痛みが、痺れるような感覚に変って、手足へ広がっていく。

「すみません、本当に。——ええ。ああ、それから——」

千津は、外で唸っている風の音に、耳を傾けた。本当に風の音なのか。それとも、耳鳴りだろうか？

「今夜は風が強いですよ。寝る前に、もう一度、戸締りをして下さい」

受話器が重くなってくる。まるで鉛の塊のように……。

「いいですね、隙間風が入らないように、ちゃんと毛布を重ねて下さいね。——ええ。じゃ、おやすみなさい」

視界がかすんできた。

受話器を戻そうとして、机の上に伸ばした手から受話器が滑り落ちる。

そして、机の上に、千津の頭が静かに落ちて、そのまま動かなくなった。

解説

山前 譲

液体に突沸（とっぷつ）という現象がある。加熱して沸点に到達したにもかかわらず沸騰しない状態、すなわち過熱状態にある液体が、刺激によって急激に沸騰してしまうことだ。電子レンジで短時間に加熱した時に起こりやすいと、このところテレビ番組などでよく注意を喚起している。理科の実験で沸騰石を用いるのは、この突沸を防ぐためである。

本書『たとえば風が』の八木原家は、その過熱状態にあったようだ。一家の要（かなめ）は、良家のお嬢様がそのまま年を重ねたような八木原亮子、七十歳である。夫は十年前に亡くなっている。長男の秀は四十八歳、とある会社の部長だ。妻の康代は四十六歳、嫁いできて二十年になり、大邸宅の家事を取り仕切っている。一人っ子の秀一郎は十八歳になった。

秀にはふたりの妹がいる。上の房子は四十五歳、三つ年下の辻間京二と結婚して十七年になる。子供はいない。辻間は義父の資金援助で事業を始め、銀座に事務所を構えている。下の圭子は三十五歳。まだ独身だが、自宅で暮らしているから生活には苦労しない。

羨ましい一家……しかし、そこにはいくつもの問題が潜んでいた。長男の秀は部下の三輪公子と愛人関係にあった。好きなように買い物をしていた房子だったが、夫はすでに莫大な借金を抱えていて、義母の財産を当てにしている。圭子は八木原家の仕事に携わっている弁護士と恋愛関係にあったが、彼には妻がいた。大学生の秀一郎は結婚を考えている。そして、どことなく体調をおかしく感じていた康代には、思いがけない出会いが……。

すでに沸騰に必要なエネルギーは蓄えられていたのに、亮子は三十年近く愛用しているロッキングチェアに穏やかにおさまっていた。目の前には、新しい使用人の山中千津、十九歳が立っている。気立てのいい働き者――その第一印象は間違いなかった。たった三週間で、すっかり家の中のことを覚えてしまう。しかし、その千津が沸騰石であったかのように、八木原家のトラブルは表面化していくのだった。

この『たとえば風が』は、一九八四年五月、カドカワノベルズの一冊として刊行された。すでにオリジナル著書が五百冊を超えた赤川次郎氏にとっては、初期の作品と言えるだろう。八木原家の家族それぞれの物語とも言えるが、赤川作品で「家族」に注目してみると、著書が二百冊を突破するあたりから変化を見せている。

デビューしてからしばらくは、家族を意識する作品はあまりなかった。デビュー作「幽霊列車」に登場した大学生の永井夕子は、両親を交通事故で亡くしている。三毛猫ホームズの飼い主である片山義太郎・晴美の兄妹も、第一作の時点ですでに両親は亡くなっていた。もちろんホームズ嬢も独身である。マザコン刑事や三姉妹探偵団のシリーズでは、父親あるいは母親のいずれかがいなかった。

『ひまつぶしの殺人』はたしかに五人家族の早川家の人々を主人公にしていたが、それぞれの職業が、泥棒、殺し屋、詐欺師、警官、そして弁護士なのだから、とても一般的な家族とは比べられないだろう。『ウェディングドレスはお待ちかね』に始まる南条家のシリーズも、ユニークすぎる家族だ。普通だったのは、花嫁シリーズの塚川亜由美の一家ぐらいだろうか。

二百冊目までのノン・シリーズ長編では、女子中学生がなんとか一家をまとめようとする『裏口は開いていますか?』、大財閥の当主の七十歳の誕生日を祝おうと家族が集まって事件が起こる『いつか誰かが殺される』、家族全員が揃った晩餐の席で父親が二十年前の重大な事実を語る『真実の瞬間』、団地の軋轢(あつれき)がある家族を翻弄する『まっしろな窓』といった作品があるが、その数の少ないことは明らかだ。

ターニング・ポイントは、間もなく二百冊に到達しようかというときに刊行された二作、『静かな町の夕暮に』と『ふたり』ではなかったろうか。母親が再婚し父親が殺人事件の容疑者になってしまった高校生や、事故死した姉の思いを背負いながら成長していく妹の姿を通して、家族の絆が問われていたからである。また、同じ頃に『若草色のポシェット』でスタートした杉原爽香のシリーズは、一年に一歳ずつちゃんと歳を重ねていくという設定だけに、家族の変わりようがはっきりしていた。

二百一冊目の『半分の過去』は、平凡な三人家族の妻が、逃亡犯の夫婦を助けたことから秘密を抱えてしまう。さらに、カルチャー・センター通いが好きな主婦を主人公にした『フルコース夫人の冒険』、赤ちゃんが家族の一員となってからハラハラすることが続く『ハ長調のポートレート』、離婚しても断ち切れない絆を描く『別れ、のち晴れ』、浮気が平凡なサラリーマン一家の日常を崩す『透明な檻』、五人家族それぞれが事件に巻き込まれた『ホーム・スイートホーム』、念願かなった一軒家への引っ越しがトラブルの発端となる『屋根裏の少女』などが、三百冊目までに刊行されている。

その後の作品でもっとも注目すべきなのは、『夜に迷って』と『夜の終りに』の二作だ。幸せそのものという三人家族に、次々と不幸な出来事が降りかかってくる。自分だけならなんとかなるかもしれない。でも家族のことを考えると……。妻であり母である女性の苦悩が切々と迫ってくる。

親子や兄弟姉妹といった絆で結ばれた家族は、社会のもっとも基本となる人間関係だ。だからこそ守ろうという意識が強いのだろう。赤川作品ではしだいに、その守ろうという意識がはっきり感じられる作品が目立ってきている。

一方、初期の作品だけに、この『たとえば風が』にはまだその意識が薄い。家族はそれぞれ自分のことしか考えていないように見える。家族の絆などもはや失われてしまったかのように思える。だがそこには、家族の身勝手な行動を増幅させる風が、密やかに吹いていたのだ。家族の絆を断ち切ろうとするその邪悪な風は、はたしてどこから?

（徳間文庫初刊より再録）

二〇〇九年一一月

本書は２００９年12月に徳間文庫より刊行したものの新装版です。なお、本作品はフィクションであり実在の個人・団体などとは一切関係がありません。

徳間文庫

たとえば風(かぜ)が

〈新装版〉

2021年8月15日 初刷

著者 赤川次郎(あかがわじろう)

発行者 小宮英行

発行所 株式会社徳間書店

東京都品川区上大崎三―一―一 〒141―8202
目黒セントラルスクエア

電話 編集〇三(五四〇三)四三四九
販売〇四九(二九三)五五二一

振替 〇〇一四〇―〇―四四三九二

印刷 製本 大日本印刷株式会社

ISBN978-4-19-894663-0 (乱丁、落丁本はお取りかえいたします)